암특병
서신 5g.

암 투병 서신 59,

이 도 숙

잉태된 고통 안에 겨자씨만 한
작은 예수가 있다면…

좋은땅

머리말

59.

사랑하는 아내가 어느 날 폐암 말기라는 진단과 함께 3개월의 선고를 받았다.

듣는 순간 나의 머리에는 지진이 일어났고 지구가 멈추었다.

오! 하나님.

나는 도저히 믿기지 않아 S대학병원을 찾았다.

그곳에서도 동일한 진단이었다.

그 후 항암주사가 시작되었고 슬픔 가운데 온 성도님들의 중보기도가 시작되었다.

기도하는 중 하나님이 찾아와 말씀하셨다.

대예배시간에 중앙통로 본당 가운데 사모를 앉게 하라. 그리고 온 성도가 사모를 향하여 둘러서라. 그리고 기도하라는 것이었다.

하나님, 저는 할 수 없습니다.

대예배시간에 할 수 없어요. 3개월 산다는 진단을 받았는데 어떻게 그렇게 해요, 만약 그렇게 했다가 3개월 안에 하나님이 부르시면 하나님 망신, 교회 망신, 목사 망신입니다.

절대로 할 수 없습니다.

그러나 하나님께서는 기도할 때마다 3번 계속 말씀하셨다.

그래서 장로님들에게 사모를 둘러서게 했고, 그다음 권사님, 집사님 온 성도들도 둘러서서 기도하게 했다.

그 기도는 하늘을 울리는 기도였다.

2주간 2회 그렇게 했다.

참으로 놀라운 기적이 일어났다.

2주 후에 병원에 갔더니 돌연변이가 생겼다는 것이었다.

항암주사를 맞지 않고 표적치료제 타세바를 사용할 수 있게 되었다는 것이다. 의사 선생님께서도 고개를 갸우뚱거렸다. 참으로 놀라운 일이었다. 3개월밖에 못 산다는 진단 앞에 1년을 먹을 수 있는 표적 치료제를 사용할 수 있었다.

돌연변이! 놀라운 기적이었다.

그 후 1년 생명을 연장시키셨고 그 약의 효과는 정확히 1년이었다. 또 다른 표적치료제를 사용할 수 있었는데 6개월이 연장되었고, 그 표적치료제는 끝이 났다. 이제 표적치료제를 사용할 수 없어 항암주사를 다시 시작해야 했다.

의사 진단 3개월 폐암 말기!

그러나 하나님은 4년 6개월의 시간을 연장시키셨으며, 모든 것을 준비하셨다.

호스피스 병원에서의 삶은 참으로 경이로운 일이었다.

새 병실을 준비하셨고, 임종예배, 기도, 말씀, 찬송, 수고의 눈물, 장례 그리고 장지까지 완벽히 준비하셨다.

장례예식은 참으로 엄숙하고 거룩했으며 경이로운 가운데 진행되었다.

발인예배는 3시간 30분 소요되었다.

교회 1층 유년부실에서 발인예배의 인도자 목사님께서 기도하시며 함께 기도하는데 하나님께서 나에게 찾아오셨다.

예배 후 영정사진을 들고 본당을 돌며 사랑하는 성도님들과 함께했던 세월을 공유하라는 것이었다.

광선같이 지나가는 또렷한 하나님의 음성이었다.

나는 즉시 장로님을 불러 발인예배 순서를 바꾸었다.

본당은 이미 장례 2주 전에 리모델링으로 깨끗하고 거룩하게 하나님이 준비하셨다.

성도님들과 함께했던 시간을 공유하며 찬양하며 수많은 성도님들은 뒤를 따라 돌고 그 찬양 소리는 하늘에서 울려 퍼지는 천사 소리와 같았고, 성도들의 울음소리는 어떤 오케스트라보다도 아름다웠고, 웅장하였고, 장엄하였으며, 거룩한, 소리 없는 눈물의 동행이었다.

이토록 눈물이 아름다운 장례는 성도들의 기도로 만들어 낸 하나님의 준비하심이었다.

또한 4년 6개월 병마 중에 하나님은 사랑하는 아내와 하나님과의 관계를 준비하셨다.

그 준비의 글을 소개하고자 한다.

나는 아내가 남기고 간 생명을 다한 노트를 장례 후에 차마 볼 수 없었다.

아내가 두고 간 노트를 볼 수 있는 용기가 생기질 않았다.

그래서 장롱 서랍에 넣어 두었다.

아내와의 이별 후에 남편인 나에게 그리움의 시간이 흐르고 있었다.

그리고 아내를 위해 투병 중 함께했던 세월이 나에게는 참으로 행복한 시간이었음을 깨달았다.

아내의 1주기를 앞두고 아내와의 행복했던 시간과 함께 아내가 보고 싶었다.

문득 아내의 노트가 생각이 났다.

아내의 글을 보고 싶었다.

용기가 나질 않아 망설였지만 그리움이 앞서 나도 모르게 침대에서 일어나 아내의 글이 있는 장롱으로 달려갔다.

아내가 투병 중에 기록한 글을 한 자, 한 자 읽어 내려가는데 나의 눈에는 눈물이 고였고, 뺨으로 흘러 소리 없는 눈물이 강물이 되고 말았다.

눈물을 참고 참으며, 읽고 또 읽었다.

그러나 그 안에는 슬픔만 있는 것이 아니라 소망과 행복이 가득했고, 보배로운 삶이 나열되어 있었다.

하나님이 아내의 마지막 삶을 글로 준비하신 것이었다.

이 글을 통하여 슬픔을 이기고, 아내의 보배로운 삶에 남편으로서 행복함을 느꼈으며 삶에 도전을 받았다.

이 보배로운 삶을 모든 성도님들 그리고 이 글을 읽는 모든 분들과 함께하고자 이 글을 옮깁니다.

이 글 속에는 59.을 찍고 하고픈 말을 다 하지 못한 아쉬움이 남아 있습니다.

59.은 이 글을 읽는 독자들이 써야 할 몫이라고 생각합니다.

이 글을 읽는 모든 분들에게 보배로운 삶이 이어지기를 기대합니다.

특별히 이 책을 펴낼 수 있게 이끄신 하나님께 찬송과 감사, 영광을 올립니다. 또한 클찬 성도님들의 기도로 만들어진 주옥같은 사랑에 감사합니다.

그리고 이 책을 옮길 수 있도록 후원하여 주신 분들과 아낌없는 조언과 용기를 준 안모세 목사, 표지글씨 호산 이수진 대한민국미술대전초대작가, 제본에 도움을 준 간사 정효진 자매, 보이스출판사 권승달 장로님께도 아낌없는 사랑의 수고에 감사드립니다.

남편 이광진 목사

추모의 글

2016년 1월 7일.

언제나 우리에게 밝은 미소와 사랑을 전해주신 고 이도숙 사모님께서는 하나님 곁으로 가셨습니다.

일평생 하나님의 나라와 성도를 위해 섬기고 사랑을 베푸신 고 이도숙 사모님…

아직도 사모님의 따뜻한 사랑이 우리에게 남아있고, 여전히 우리와 함께하시는 것 같습니다.

이제는 우리가 사모님과 같이할 수 없음에 마음 아프지만 사모님께서 병중에 쓰신 사랑하는 아내가 남긴 『암 투병서신 59.』은 사랑과 섬김으로 믿음의 역사를 써 내려가는 데 우리와 함께할 것입니다.

그리고 『암 투병서신 59.』은 모든 크리스찬들을 반석 위에 세우는 보배로운 삶이 될 것이며 하나님 앞에 아름다운 사람을 만들어 가는 데 큰 선물이 될 것입니다.

투병 중에서도 사랑과 섬김을 실천하며 '내 일생 하나님의 사람들을 섬기다가 주 안에서 잠들다'라는 묘비문을 남긴 사모님처럼 사모님의 삶을 닮아가기 위해 우리가 함께 노력하며 나아가겠습니다.

2017년 1월 8일
이도숙 사모님의 1주기를 추모하면서
정효진 드림

추모의 글

지금도 저의 가슴에 항상 같이하는, 하늘 천국에 계시는 이도숙 사모님께.

사랑하는 사모님, 제가 사모님을 만난 건 2007년 10월 어느 수요예배였지요!

그날도 사모님은 목사님과 하루 종일 교회건축으로 헌신하시다가 예배에 참석한 저에게 다가와 반갑게 인사하셨지요.

그 만남이 지금의 저를 만들었다는 거 사모님은 아시나요.

약하고 약한 저의 믿음에 조금씩 믿음이 자라게 하셨고, 저의 고집과 저의 생각으로 가득 찬 저의 교만함을 겸손으로 바꾸는 방법을 알려주셨고, 저의 생각까지도 읽으셔서 조용히 다가와 새 힘을 주시면서 주님께 더 가까이 가는 방법을 또한 알려주셨죠.

사모님과 얘기하고 나면 늘 기쁨이 넘쳐났었는데… 저는 그 고마움을 한 번도 사모님께 표현하지 못하고 보내드렸네요.

사모님이라는 자리보다는 성도라는 직분을 더 좋아하셨던 사모님. 오로지 교회가 부흥되기를 바라는 간절한 그 마음, 성도들을 사랑하는 그 마음. 신발 밑창이 닳아지는 것도 모르고 아파트마다 계단을 오르내리며 전도하던 그때, 사모님의 모든 마음은 오로지 교회를 사랑하고 성도를 사랑하는 한마음뿐이었지요.

교회를 부흥시켜서 성도들이 행복한 교회가 되는 것.

항상 성도 입장에서 이해하시고 하나님의 사랑만을 전하고자 하셨던 사모님의 그 헌신을 알기에 저 또한 사모님과 같이했던 모든 순간이 행복했답니다.

폐암 말기 선고를 받고도 사모님을 먼저 걱정하거나 원망하는 게 아니고 오로지 교회를 걱정하고 목사님과 성도들을 먼저 생각하며 늘 웃음을 간직하시던 사모님!!

하나님의 사랑을 몸소 저희들에게 보여주시고 하늘 천국으로 가시는 순간까지도 교회를 사랑하는 마음을 전하시면서 우리를 하나로 만들어 주셨지요.

이제 사모님은 같이하지 못하지만 사모님이 그렇게 원하시고 바라시던 교회의 부흥을 목사님과 우리 성도들이 같이하고자 합니다.

하늘 천국에서 늘 지켜보고 계실 사모님을 오늘도 저는 그리워하면서 사모님의 뜻을 이어가고자 합니다.

사모님, 많이 보고 싶습니다.

2017년 1월 8일
이도숙 사모님의 1주기를 맞이하여
정미숙 권사 드림

추모의 글

사모님께서는 살아생전 저를 사랑과 섬김으로 양육하셨습니다.

어린아이가 엄마 무릎에 앉아 말씀을 들으며 자라가듯 사모님은 내 영의 어머니셨음에 신앙이 성장하지 않으면 영의 양식을 먹이고 입히시고 보듬어 주셨습니다.

예수님 때문에 핍박받는 게 아님에도 불구하고 예배드리는 게 힘들었을 때, 사모님께서는 선택이란 단어로 내 영을 훈육하셨습니다.

매섭고 단호하시면서, 인생 자체가 선택이며 믿음 생활도 선택이다. 예배를 드릴 것인가, 말 것인가, 순종할 것인가, 말 것인가 매순간 선택을 해야 한다.

혼자 조용히 생각해봤습니다.

선택이란 단어를…

그리고 사모님의 생이 어떠했는지, 그동안의 사모님의 삶과 희생과 헌신, 그리고 성도를 사랑하심이 주마등처럼 미소 띤 얼굴과 함께 지나가며 보였습니다.

투병 중에서조차 늘 하나님을 사랑하시기로 선택하시고 진정된 모습 몸소 보여주신 사모님 감사드립니다.

병상에서 뵀던 사모님의 모든 말씀엔 하나님 찬양이 있었음을…

사모님의 훈육과 신앙이 바르게 자라길 바라는 섬김으로 지금 이 자리에서 여전히 예배를 드립니다.

구원받은 자녀로, 더 나은 신앙인으로 살라고 선택이란 단어를 심어 주심에 더욱 감사드립니다.

사모님처럼 온 성도가 맘과 뜻이 온전히 주께 있어 하나님과 교회를 먼저 선택하고 반석 위에 믿음 세워가며, 하나님의 나라를 세워가는 사람 되기를 소망합니다.

2017년 1월 8일
사랑하는 사모님을 추모하며
조미경 권사 드림

추모의 글

사랑하는 이도숙 사모님을 생각하면 가장 먼저 떠오르는 것이 환한 미소입니다.

아픈 와중에도 그 미소는 사라지지 않았지요.

아침에 사모님 생각을 하다가 마더와이즈 교재를 꺼내 보았습니다.

자유, 지혜, 회복 세 권 1년의 넘는 기간 동안 사모님의 열정적인 강의와 동역자들과의 교제, 맛있는 식사시간 등이 생각이 났습니다.

책 중간중간 메모와 마지막 책인 회복을 끝내고 수료할 때 찍었던 사진 속 그린 계열의 투피스를 입으시고 환하게 웃고 계신 사모님의 모습에 뵙고 싶다는 마음이 들면서 눈시울이 붉어집니다.

마더와이즈 중간에 사모님 폐암 말기 진단을 받으셨음에도 중단하지 않고 더 열정적으로 수강생들을 위해 강의를 이어가셨고, 돌연변이의 소식에 함께 기뻐했던 순간들도 생각납니다.

기초반 5주 교사로 세워주시고 저를 사택으로 부르셔서 앉혀 놓고 큐티에 관해 말씀해주시고 기초반 교육의 마지막 수업인 큐티를 어떻게 하는지 손수 시범도 보여주시고 알려주셨습니다. 그때는 큐티를 기초반 수업의 교재로만 생각하고 교육을 했던 것 같습니다.

내가 큐티를 하지 않으니 큐티의 소중함과 필요성이 잘 전달될 리 없었습니다.

그 뒤로도『생명의 삶』구독은 계속했지만 읽는 정도이지 하나님과의 나의 독대의 시간은 거의 없었던 것 같습니다.

사모님. 이제는 치헌 목사님의 인도로 매일은 아니지만 큐티를 하고 있습니다.

큐티를 하면서 하나님과 더 가까워지고 사랑하고, 교회와 사역자, 성도를 사랑하게 되고 귀하게 생각되고 매일의 삶이 행복이고 감사입니다.

큐티를 하면서 더더욱 생각나는 사모님.

사모님도 큐티를 하는 저 보고 계시죠?

나의 열매다 생각하시고 기뻐하시리라 믿습니다.

사모님이 마지막 앉으셔서 예배하시던 자리, 소리를 낼 수 없어 눈으로 찬양하셨단 고백, 자나깨나 성도를 섬기며 세우려 했던 그 시간들, 저와 우리 성도는 모두 기억합니다.

하나님의 사람들을 섬기다가 주 안에서 잠들다라는 묘비명을 써놓으시고 그 묘비명대로 사역하시며 성도들에게 아낌없는 사랑을 주고 떠나신 사모님의 사랑을 받은 저.

투병하시는 동안 우리에게 남겨주신 58개의 글이 있어 생각날 때 읽어볼 수 있어 감사합니다.

남겨주신 글들이 책으로 엮어져 수많은 사람들의 도전이 되고 신앙의 본이 되고 있다는 것 아시죠?

59. 마지막은 숫자에 점만 찍으시고 완성하지 못하신 채 하나님 곁으로 가신 사모님의 뒤를 이어 교회를 통해 이루실 많은 계획들에 쓰

임받는 성도가 되고 싶습니다.

사모님, 사랑하고 뵙고 싶습니다.

김은정 권사 드림

사랑하는 이도숙 사모님.

예배당에 들어서며 늘 앉으시던 그 자리에서 두 팔을 벌려 찬양하시던 모습과 "아멘, 아멘!" 하시며 말씀 받기를 간절히 사모하시던 사모님의 모습이 선명히 떠오릅니다. 그 모습이 제게 얼마나 큰 은혜와 감동을 주었는지 모릅니다.

사모님께서는 복음을 전하는 일에 온전히 헌신하신 것을 기억합니다. 교회 곳곳의 봉사자들을 기도로 세우시느라 늘 분주하셨던 모습, 어린 영혼을 귀하게 여기시고 교육부를 세심히 돌보시던 모습, 약한 자들을 일으키고, 힘들어하는 자들을 따뜻하게 다독이시던 사모님. 그 무엇보다 오직 교회를 세우는 일에 모든 열정을 바치셨던 사모님이심을 기억합니다. 온전히 복음을 전하며 교회를 세우시던 사모님의 그 열정이 여전히 크리스찬교회 안 곳곳에서 느껴집니다.

어린아이보다 못한 신앙을 소유한 제게 늘 인내하고 감싸주며 따뜻하게 이끌어 주셨습니다. 특히 감사드리는 것은 투병기간까지도 멈추지 않고 마더와이즈로 엄마들을 위해 헌신하시는 모습은 제게 깊은 감동을 주셨습니다. 사모님께서 가르쳐주셨던 성경적 엄마와 현숙한 아내로 살아가는 지침은 많은 가정을 회복시켰고 엄마들이 영적으로 살아나게 하셨고 저희 가정에게도 신앙적인 길잡이가 되어 주고 있습니다.

사모님께서는 암으로 진단을 받으신 후에도 흔들리지 않으시고 오히려 이 시련을 하나님과 더욱 깊이 교통하고, 주변 사람들에게 위로와 희망을 전하는 기회로 삼으셨죠. 병상에서도 끊임없이 기도하고, 말씀을 나누고, 글을 쓰셨던 사모님의 모습은 제게 진정한 믿음의 본을 보여주셨습니다.

사모님이 남기신 『암 투병서신 59.』 저서는 저에게 특별한 선물입니다. 암투병이라는 어려움 속에서도 하나님과의 동행을 통해 느낀 감정과 깨달음을 담아낸 이 책은, 많은 사람들에게 위로와 용기를 주고 있습니다. 또한, 사모님의 깊은 믿음과 따뜻한 사랑이 담긴 이 책은 앞으로도 오랫동안 우리에게 영감을 줄 것이라 믿습니다.

사모님께 받은 사랑을 기억하며 저도 이 교회에서 열매를 맺겠다고 약속드렸지만, 날마다 너무나도 부족한 모습입니다. 그러나 사모님께서 보여주신 사랑과 헌신을 가슴 깊이 새기고, 그 약속을 지키기 위해 최선을 다하겠습니다.

깊은 그리움과 존경을 담아,
이정아 권사의 마음을 올립니다.

추모의 글

언제나 환하게 맞아 안아주시고, 언제든 열심히 들어주시고 함께 기도해주셨던 분.

우리의 하나님이 어떠한 분이신지 우리에게 어떻게 일하시는지 알려주시고 들려주셨던 분…

늘 가장 먼저 씩씩하게 앞장서서 일하시고 성도들의 어려움까지 살피셨던 이도숙 사모님.

사모님~~!! 그 이름을 불러본지가 언제였는지…

부르기만 해도 따뜻하고 위로가 되었던 우리 사모님, 본인의 아픔도 잊은 채 희생하시고 어머니와 같이 성도들을 돌보셨던 그 아름다움을 기억합니다.

성도들에게 가장 좋은 것으로 주길 바라시고 살피셨던 그 마음을…

철없던 그때는 받기만 하고 그 사랑을 깊이 알지 못했습니다.

이제야 섬기는 위치에서 성도들을 바라보는 지금의 내 마음이 그때 성도들을 바라보셨던 사모님의 마음 한 조각이었을까… 감히 생각해 봅니다.

8년이 지난 지금이지만 사모님의 음성과 환하게 미소 지으시던 그 모습이 아직도 생생합니다.

마더와이즈를 시작할 때 즈음 폐암 말기 3개월 선고를 받으셨으나 고통 중에도 끝까지 이어가셨고 기적처럼 5기까지 마치셨던 건…

어머니들의 믿음을 세워가기를 기대하셨던 사모님의 마음과 그 의지를 함께 도우시고 이끌어가신 살아계신 하나님의 역사하심이었습니다.

사모님의 그때의 그 열정을 이어받아 우리 성도들이 하나님의 나라를 세워갈 때 어떤 어려움 안에서도 하나님의 일하심을 기대하며 기쁨으로 함께 사역해 나갈 것을 확신합니다.

먼저 가셔서 "하나님의 충성된 종아, 참으로 수고하였다" 주님께 칭찬받으시고 천국의 기쁨을 누리고 계실 사모님…

저 또한 우리 크리스찬 성도님들과 함께 천국을 소망하며 하나님의 나라를 잘 세우고 그 나라 갈 때에 하나님께 칭찬받길 기대합니다.

사랑합니다. 너무나 그립습니다… 이도숙 사모님.

2024년 창립 29주년 감사예배를 마치고…
정미숙B 권사 드림

목차

암투병
서산 59.

1. 양주 승전교회 뜰을 묵상하며

치헌이 부대에 갔다.

부대 안에 교회가 한적한 곳에 자리 잡고 있었다.

성전 뜰이 소박했고 성전의 모습은 마치 깨끗한 샘물에서 금방 세수하고 나온 소박한 시골처자 모습 같았다.

차가운 바람이 얼굴을 스쳐 고개를 들어보니 오색찬란한 단풍이 나를 향해 웃고 있었다.

차가운 바람이 만들어낸 아름다운 풍요는 즉시 기쁨을 주니 또 나를 향해 아들이 있는 마당이라서 나는 따뜻한지도 모르겠다.

순간 하나님의 오묘함에 감탄했다.

차가운 바람이 만들어낸 아름다운 단풍나무 한 그루가 내 마음에 풍요를 주고 기쁨을 주고 또 나를 향해 웃고 있었다.

아들이 있는 마당이라서 나는 이 성전 뜰이 더욱 친근하고 따뜻한지도 모르겠다.

단풍을 향해 화답하며 웃고 있는데 흠 없는 독생자 예수를 우리 가정에 보내주셔서 이 시간 이곳에 나를 있게 하시는 하나님을 묵상하게 하며 소중한 나의 아들 치헌이를 안아 주었다.

이제 막 부대에 적응하고 있는 아들을 황 목사님 덕분에 교회로 면회 가서 볼 수 있으니 너무 행복했다. 맛있는 점심을 먹고 헤어짐의 아쉬움을 뒤로한 채 동탄으로 왔다.

아픈 몸이라 언재다시 갈수있을
주님이 나에게 말씀하셨다
나의 자녀를 성결케 하시려고
배푸셔서 나에게 육신의 질
있도록 은혜를 배풀어 늦었다고
오늘나에게 이것을 깨닫게 하
하나님의 뜻은 기도중 깨달았

아픈 몸이라 언제 다시 갈 수 있을까 생각하던 중 갑자기 주님이 나에게 말씀하셨다. 나의 자녀를 성결케 하시려고 하나님의 무한한 사랑을 베푸셔서 나에게 육신의 질고를 주셨고 내가 이겨 낼 수 있도록 은혜를 베풀어 주셨다고…

오늘 나에게 이것을 깨닫게 하시려고 승전교회를 가게 하신 하나님의 뜻을 기도 중 깨달았습니다.

나의 자녀를 흠 없는 어린양의 모습으로 드리기 원하시는 주님의 뜻은 성령의 기름을 부어 체험하게 하셨습니다.

부족한 어미지만 하나님이 주신 성령에 힘입어 나의 자녀를 흠 없는 어린양 예수 닮은 자녀로 만들겠습니다.

저의 무지를
맺줄로 묶어서
자녀를 양육

저의 무지를 탓하지 마시고 단단한 주님의 사랑의 밧줄로 묶어서 지혜로운 어미로 거듭나 자녀를 양육하게 해 달라고 간구합니다.

나는 오늘 밤 이렇게 기도합니다.

주님! 오늘 나의 아들 치헌이도 나와 같이 성령으로 교통한 밤이 되기를 기도하며, 주님이 주시는 은혜를 가슴에 고이 접어 주님만을 찬양하며 군 생활을 할 수 있도록 하옵소서.

치헌이 첫 면회를 다녀와서
밤 11시 30분에 치헌이 방에서

2. 낙엽

무봉산 자락을 오르는데 발에 밟히는 낙엽 소리가 너무나 싱그럽다. 금방 바람에 날리워 쌓여진 낙엽은 바스락바스락거리면서 폭신폭신했다.

눈앞에 흩날리는 낙엽이 마치 나에게 내 집을 찾아줘서 반갑다는 주인의 반김 같았다.

한 해 동안 깊은 나무에서 영양을 먹다가 이제는 다시 나무에게 영양을 양보하고 나에게 기쁨을 주려고 떨어지는구나 생각하며 하나님이 나에게 주신 산책을 만끽한다.

가파른 돌 위의 낙엽은 아직 수분이 마르지 않아 나를 긴장시킨다. 조심조심 낙엽과 함께 동행한 산책이 행복했다.

혼자의 산책도 외롭지 않게 낙엽을 동행하게 하신 나의 하나님 오늘도 너무 행복했습니다.

산책 갔다 와서 한적한 오후 시간에

3. 은행을 만지면서

아들이 부대에서 은행 열매를 따서 손질을 해서 면회 다녀올 때 주었다.

꽤 많은 양인데 그 고약한 냄새를 맡으면서 손질했을 아들을 생각하니 가슴이 저며 온다.

엄마는 아주 작은 일에도 자식의 일이라면 감동이 밀려와 영화배우도 되고 시인도 되는가 보다.

엄마는 아주작은 일에도 밀려와 영화배우도 되고 우리식구들은 은행은 싫어한다 (특히아빠)

우리 식구들은 은행을 먹기는 잘 먹지만 냄새는 너무 싫어한다. (특히 아빠) 그런데 아들이 준 은행이 덜 말라서 냄새가 나는데도 남편은 냄새가 나지 않는다고 손으로 만진다.

아들의 정성과 수고에 아마 나와 같은 마음으로 마음이 저미는 것 같다.

표현하지 않은 마음이지만 있다. 사랑의 힘로 가족이다. 나의 가족이 은행 한봉지로 마음아프고 같이 흐뭇해진

표현하지 않은 마음이지만 우리는 서로 전달시키고 있다. 사랑의 힘은 가족이다. 나의 가족이 은행 한 봉지로 하나 되어 같이 마음 아프고 같이 흐뭇해진다.

궂은일을 시키지 않고 군대를 보낸 탓에 작은 일에도 아이의 힘듦

이 지나쳐지지 않는다.

그러나 사랑으로 가족이란 이름으로 우리를 이기게 하시는 하나님이 계셔서 오늘 맛있는 은행을 먹을 생각을 하며 기쁜 마음으로 은행을 뒤적거린다.

시간과 공간을 초월해서 우리에게 영적 은혜를 무시로 전달시켜주시는 하나님이 언제나 나의 하나님이어서 좋다.

사랑하는 아들아.
오늘 내가 있는 곳에서 열매 맺은 은
내가 너에게 전해주는 영혼은
타고 너에게 전달되기를 기도한다

사랑하는 아들아, 오늘 네가 있는 곳에서 열매 맺은 은행이 엄마의 손에 있듯이 내가 너에게 전해주는 영혼의 메시지가 영혼구름을 타고 너에게 전달되기를 기도한다.

내가 그리스도와 함께 십자가에 못 박혔나니 그런즉 이제는 내가 사는 것이 아니요 내 안에 그리스도께서 사신 것이라 전하고 싶구나.

안녕

11월 17日

4. 사명

죽음으로 부름 받은 자는 사명을 다한 것일까요?

폐암 4기 진단 이후 나는 날마다 하나님이 내게 주신 사명을 묵상하며 나에게 주신 질병에는 반드시 주님의 꿈이 있다고 믿습니다.

내가 꾸는 꿈이 아니고 주님이 나에게 꾸게 하시는 꿈을 좇아 하루하루 두려움 없이 삽니다.

마더와이즈 5기 강의를 모두 마쳤다.

10주간 하나님은 저에게 목소리가 하나도 나오지 않는 지독한 목감기의 고통도 주시고 그 고통으로 두려워하는 나에게 너는 분명히 내가 지켜 줄 거야 라는 위로자의 보호하심도 함께하셨다.

강의 3주 만에 다가온 위기도 무사히 넘기고 암이 자라지 않아 다시 3개월의 약을 먹을 수 있는 축복도 허락하셨다.

나에게는 3개월씩 연장해서 치료약을 먹을 수 있는 것이 축복의 연장이다.

하나님의 생명 나눔 축복을 이 보잘것없는 나에게도 나누어주셨다.

나는 알고 있다.

주님이 나에게 주신 생명 나눔

31

축복은 주님 앞에 갈 때까지 죽음에 무릎 꿇지 말고 주신 사명 감당하라는 명령인 것이다.

나는 주님의 명령이 좋다.

주님의 명령 따라가다 보면 내 사명이 더욱더 뚜렷해지고 마음의 성령의 불씨가 항상 꺼지지 않아 내가 노력하지 않아도 된다. 하나님께 상처받은 영혼을 치유 받게 해달라고 중보할 때마다 나는 내 영혼이 먼저 치유됨에 항상 감사한다.

내가 무엇이길래 하나님이 이토록 베푸시는 걸까요.

저는 오늘 그 답을 이렇게 말합니다.

사모의 사명에서 더 나아가 너의 죽음을 이겨내는 시련을 축복으로 바꾸어주신 하나님이 원하시는 사명은 세상에 상처받은 영혼을 치유하는 것이라 감당하라 하셨습니다.

주님께 감사하는 마음의 표현으로 저는 주님 앞에 갈 때까지 저는 저의 심장 안에 있는 성령의 불덩어리로 상처받은 영혼을 향하여 위로하며 중보하며 살다가 주님 품에 안기렵니다.

5. 바울의 배설물

"또한 모든 것을 해로 여김은 내가 그리스도 예수를 아는 지식
이 가장 고상하기 때문이라 내가 그를 위하여 모든 것을 잃어버
리고 배설물로 여김은 그리스도를 얻고"(빌 3:8)

자신의 모든 지식과 율법을 배설물로 여긴 바울은 주님을 만났기
때문에 주님과 가로막힌 것이 율법이고 명예였다고 깨달았습니다.

정말 귀한 것은 명예와 돈이 아니었습니다.

그러나 우리는 그것을 쉽게 놓지 못합니다.

왜 분별하지 못하나요?

그것은 반드시 나의 이기
심과 정욕이 교만이 되어 참
과 거짓을 분별하지 못하기
때문입니다.

하나님은 가라지를 뽑지
말라고 하십니다.

하나님의 때에 하나님은 알
곡과 가라지를 가려내십니다.

왜 분별하지 못하나요.
그것은 반드시 나의 이기심나 거
짓을 분별해서 뭣가기 때문입니
다. 하나님은 가라지를 뽑지 말
하나님의 때에 하나님은 알곡
우리는 신앙생활하면서 항상.
원하라는 분별할수있는눈이 없이
오직 주님의 능력으로 분별할수있는
나의눈으로 세상을 바라보면 진흙
하기가 너무나 힘듭니다.

그러나 우리주님은 항상언제나 우리를
기다리는 주님들은 머리가 않드리면
보고 싶어하는 진짜 알곡 맨 바라

우리는 신앙생활 하면서 항상 참된 것만 원하고 알곡만 원하지만
분별할 수 있는 눈이 없습니다.

오직 주님의 능력으로 분별할 수 있는 눈이 생깁니다.

나의 눈으로 세상을 바라보면 진흙탕과 가짜를 분별하기가 너무나 힘듭니다.

그러나 우리 주님은 항상 언제나 우리를 기다리고 계시므로 기다리는 주님 품을 떠나지 않는다면 우리는 우리가 보고 싶어 하는 진짜 알곡만 바라보면서 살 수 있습니다.

인생에서 가장 귀한 것은 예수님을 만나 그를 아는 것입니다.
나의 편에서 하나님을 만나 최고라 믿고 신앙생활한다면

인생에서 가장 귀한 것은 돈, 명예가 아닙니다.

예수님을 만나고 그를 아는 지식이 가장 고상하고 거룩한 것입니다.

나의 교회에서 하나님을 만나고 그 하나님을 만난 지식이 최고라 믿고 신앙생활 한다면 바울과 같은 하나님의 거룩한 백성으로 세상을 살아갈 수 있을 것입니다.

누구를 비판하기 전에 하나님을 만난 축복의 기쁨을 먼저 묵상하며 하나님께 예민한 삶을 드리며 살아갑시다.

6. 바보! 그들은 순수한 마음의 소유자

본 대로 들은 대로 말하는 사람을 우리는 바보라고 하는 시대에 살고 있다.

보는 대로 이야기하고 들은 대로 솔직히 말하면 그 사람은 비전도 없고 능력도 없다고 한다.

암에 걸려 삶의 귀로에 놓여 보니까 보고 들은 대로 그대로 말하게 된다.

삶을 뒤돌아보니 가식과 거짓이 너무 많아서 참 진실이 그리워서 그렇게 마음이 변하는 것 아닌가 싶습니다.

순수, 진실, 이런 마음을 논할 수 있는 시대는 마음과 육신이 아파야 오는가 보다.

순수한 마음이 세상을 지배한다면 우리 하나님이 세상을 지으시고 우리를 만드신 사건을 기뻐하실 텐데 나의 마음이 오늘은 순수한 동심으로 돌아가고 싶다.

보고 들은 대로 말했던 그 시절이 그립다.

오십이 넘은 나이에 병마가 오니 나에게도 어린 동심의 순수한 시절이 있었구나 뒤돌아본다.

그때는 하늘이 파랗게 보이면 마음이 파랗게 물들었다.

오래이 넘은 나에게 어
어린동심의 순간 시절이 있어

그때는 하늘이 파랗게 보이며
지금은 파란하늘을 보며

우리는 잊고 살았다 없는 것을
기억해 낸다.

지금은 파란 하늘을 보면 아! 하늘이 파란색이구나.

우리는 잊고 살았던 많은 것을 늦은 비가 내린 후에 기억해 낸다.

우리 하나님은 늦은 비를 주셔서라도 우리를 구원의 기쁨을 누리게 하고 그 누린 은혜의 감격에 빠질 수 있게 베풀어 주시나 보다.

그리스도인으로서 잃어서는 안되
해하는 행동에서도 하나님은 ?
바보가 아니고 그님이 주신 순수함이
세상을 사는 자들이다.

그리스도인으로서 잃어서는 안 되는 것들을 바보가 행하는 행동에서 하나님은 깨닫게 하신다.

바보가 아니고 주님이 주신 순수함이 넘쳐서 나와 다르게 세상을 사는 자들이다.

그들을 위해 기도하며 사랑하며 도와주며 사는 그리스도인이 많아지는 세상이 곧 오겠지.

나는 우리 교회가 그 많은 일들을 감당하면서 행복을 꿈꾸는 자들이 많아지기를 소망한다.

2012. 11월 마지막 날 새벽

7. 하나님의 약속

하나님의 약속으로 성령을 우리에게 주셨다.

성령의 힘으로 믿음을 지키라고 주셨는데 우리는 그 성령을 믿지 못하고 세상권력, 세상지혜, 세상물질에 무릎 꿇고 죄악 속에서 살아간다.

보혜사 성령을 우리에게 주신 이유는 보이지 않는 예수를 믿으라는 믿음의 증거인데 서로를 모략하고 분쟁하고 다툼으로 성령을 방해하면서 주님과 멀어져 간다.

그런 믿는 자들을 바라보면서 나의 마음이 너무나 아프다.

육신의 아픔은 약을 먹으며 치유하지만 영적인 아픔을 앓고 있는 자들은 그들을 향한 치유의 외침을 간구하는 기도가 필요하다.

나는 주님께 외치며 기도한다. 성령이여 어서 오소서. 성령이여 그들에게 임쳐주소서.

성령의 외침을 받아 그 상처 난 영혼이 치유 받아 보혜사 성령을 받아들여 죄 사함 받게 해 주소서.

나의 육신의 고통 질병보다도 저들을 위로할 수 있는 성령의 능력을 받아 버림받은 영혼을 위해 살게 해 주시기를 간절히 바라며 간구한다.

하나님의 약속은 오늘도 내일도 영원히 변치 않는 불변의 약속이므로 오늘도 목적을 향하여 달려가는 수많은 그리스도인들에게 아니 크리스찬 성도님들에게 회개케 하여 죄 사함의 역사를 이루어 가신다.

영광의 하나님. 나의 육신의 질고와 영혼의 질고를 치유하여 주시고 또 성령으로 내재하여 주심을 너무나 감사드립니다.

8. 금요철야예배를 못 가는 마음

타세바 항암표적 치료제가 15일분 남았다.

백만 원 정도의 값이다.

그러나 이제 그 약은 소용이 없다.

쓰레기통에 버려야 한다.

이제 나에게 소중했던 그 약이 소중하지 않다.

암이 커져서 그 약은 내성이 생겨 더 이상 효과를 내지 못한다.

모든 항암제는 내성이 생기면 쓸모없는 약이 되어 버린다.

아무리 소중하게 나의 몸을 치료해 준다 해도 내가 여호와께 바라는 한 가지는 나를 치료해 주는 약이 아니다.

내 평생 여호와의 집에 거하며 그 아름다운 성전을 바라보며 예배하는 것이다.

그 성전을 바라보며 '나는 약을 주세요.'라고 기도하지 않는다. 배가 고프다고 기도하지 않는다. 오직 주의 나라가 부흥되게 하소서, 우리 교회가 부흥되게 하소서 라고 기도한다.

목마른 예수님의 신부들이 갈증을 해소하게 해달라고 기도한다.

왜냐하면 '나는 예수님을 만나면 예수님의 마음을 알아요.' 고백하고 싶기 때문이다.

나는 예수님과 하나 된 예배자가 되어서 나에게 펼쳐진 광야길을 걷고 싶다.

그 길은 나의 열망이, 소망이 가득해서 절대로 두렵지 않다.

주님을 향한 나의 열망이 나를 두렵지 않게 하고 주님 만날 수 있는 기쁨이 소망이 되기 때문이다.

예수님 어서 오소서. 이곳에 주님의 사랑을 받을 자가, 주님의 사랑에 주린 자가 너무나 많습니다.

절망 가운데 영과 육신이 모두 부서져 버렸습니다. 주님 고쳐주시고 회복시켜 주세요.

이런 주님을 향한 고백을 날마다 기쁨으로 간구하며 사는 나는 행복합니다.

이 땅에서 병마 중에 나에게 보여주신 하늘나라 날마다 선포하며 살겠습니다.

주님 사랑합니다.

2013년 1월 18일 금

9. 찬양할 수밖에 없는 하나님

12월에 대통령 선거를 했다.

우리 시대의 역사는 암울했다.

나의 대학 시절도 체류탄의 뿌연 연기를 맡으며 종로를 걸었고 열정적으로 데모하는 대학생들을 흔히 볼 수 있었다.

유명 대학 안에는 장갑차 탱크도 들어가 있었다.

나는 원래 정치, 경제에는 별로 관심이 없었다.

그 시절에는 하나님도 몰랐다.

그저 나의 감정이 이끄는 대로 살았다.

남대문 잡화점을 기웃거리다 크리스탈 예쁜 그릇 하나 사서 사탕과 초콜릿 담아놓고 행복해하며 시집도 보고 소설도 읽었다.

일상의 행복이 그렇게 하루하루 지나가는 것이었다.

그것이 20대 초반에 나의 눈에 보이는 삶이었다.

스물세 살에 남편을 만나 예수님을 알았다.

내가 만난 예수님은 남편이 믿는 믿음의 행동과 마음으로 나에게 오셨다.

세례를 받고 은혜를 받고 축복을 알고 회개도 하고 누구나 겪는 믿음의 단계를 나도 밟으며 지금 54살이 되었다. 나는 사모로 어언 20년을 살았다. 어진 사모도 못 되었고 훌륭한 지도력 있는 사모도 아니었다.

그러나 나의 마음에 하나님 중심은 나는 사모이기 전에 성도이다.

이런 고백을 수없이 많이 했던 것 같다.

그 고백들이 지금 투병 중인 나에게는 너무나 소중한 고백이었다.

지나간 시간이지만 나의 고백들은 나의 머리와 가슴에 묻어 있다.

하나씩 꺼내어 주님과 교제할 때 주님이 물으실 때 나는 주저 없이 대답한다.

주님이 내 안에 계셔주셔서 사도로서도 행복했고 지금 성도로도 행복합니다.

주님이 내 안에 계셔주셔서 저는 사모로도 행복했고 성도로서도 행복했고 지금 암과 같이 살아가는 세월도 행복합니다.

지나간 나의 젊은 시절 암울했던 사건들이 대통령 선거를 통하여 떠오르게 했고 또 그 시절에 나의 삶은 예수를 만나는 톱니바퀴가 돌아갔다는 하나님의 뜻이 있었죠.

지금 젊은이들 우리 아들의 세대는 참 자유롭다.

그러나 나의 아들이 하나님의 참 자유를 중년이 되어도 잃지 않고 누리면서 엄마를 기억해 주기를 오늘 소망한다.

다시 발견하는 재발견의 기쁨도 같이하는 사람들과 함께 누리며 행복한 신앙의 여정을 우리 아이들이 걸어가기를 바란다.

바다의 파도 소리에 우리 아들들의 찬양이 실려서 세계를 우렁차게 울리기를 나는 항상 기도한다.

2천양소리에 연화되어 물이 어두움을 덜어주기를 바라고

그 찬양 소리에 변화되어 물이 바다 덮음같이 세계의 어두움을 덮어주기를 바라고 너희로 인하여 천국에 소망을 가지고 기뻐하며 주를 찬양하는 자들이 많아지기를 기도한다.

꼭 그런 날은 이루어 갈 것이라 확신한다.

하나님은 나의 아들들을 위해 했던 부모의 기도를 꼭 들어 주실 것이라 믿기 때문이다.

사랑하는 나의 아들 치헌, 성헌아, 주의 일을 두려워하지 말고 너희 세대를 마음껏 누려라.

주님과 함께하는 너희들의 젊은 시절을 축복한다.

엄마의 젊은 시절을 추억하며

10. 누구를 찾아야 하나요

믿음 생활의 끝은 하나님이 어디라고 정해 주지 않으신다.

고통과 시련이 오면 여기서 힘이 다 빠져서 좌절하는 자가 있는가 하면 어떤 사람은 이 시련을 이겨내서 창대케 하시는 하나님을 체험한다.

어떤 차이가 있을까요.

모든 소망이 끊의 겂다 대상의 선택에서 우리는 내려립니다. 내생각으로 선택한 대 비복한수있습니다 주님이 선택한 바른 대상 믿습니다.

모든 소망이 끊어졌다고 생각할 때 문제를 해결할 수 있는 대상의 선택에서 우리는 일어서든지 넘어지든지 결정이 내려집니다.

내 생각으로 선택한 대상에게 갔을 때 나의 좌절은 회복할 수 없습니다.

주님이 선택한 바른 대상을 찾을 때 우리는 일어설 수 있습니다.

하나님의 능력으로 문제를 해결할 수 있는 믿음을 가져야 합니다.

그러기 위해서는 하나님이 나에게 주신 시련은 하나님께 가기 위한 주님이 주신 시험이라 믿어야 합니다.

작은일에 순종할수있는 사람 기적을 체험하려기까 분여랄줄 안아야 합니다

작은 일에 순종할 수 있는 사람이 큰일에도 순종할 수 있습니다.

기적을 체험하려면 사람이 하는 일과 하나님이 하시는 일을 분별할 줄 알아야 합니다.

사람 쫓아 가다가 상처받고 사람의 일에 도모하다가 좌절하는 우리의 모습에서는 절대로 기적을 체험할 수 없습니다.

사람의 일을 바라보면서도 하나님이 역사하시는 일에 기대하며 기도하면서 순종할 때 하나님이 우리의 그런 모습을 보시고 기적을 행하여 주십니다.

기적은 반드시 하나님을 통해서 오지만 우리는 구하며 기도해야 합니다.

하나님이 원하시는 그릇을 준비한 자에게는 하나님이 역사하여 그릇을 채우시는 기적을 주십니다. 기도와 말씀으로 준비하고 순종한다면 하나님은 반드시 우리의 거룩한 열심에 응답하여 주실 것입니다.

우리가 하나님께 합당한 그릇을 준비하여 주님께 감사하며 살아가는 것이 좌절과 시련을 이기는 밑거름이 되며 우리를 승리케 하고 창대케 해 주십니다.

나의 문제를 해결하기 위해 기도하면서 주님을 바라본다면 하나님이 선택한 영적 대상을 보내어 주셔서 해결의 역사를 이루어 가실 것입니다.

11. 모든 것은 주님이 주신 은혜로다

구원, 치유, 회복, 화목, 사랑은 모두 받는 것이다.

아니, 꼭 받아야 하는 것이다.

그런데 우리는 착각한다.

내가 간구하여야 내가 노력하여서 얻으려 한다.

나도 내가 아프기 전에는 나의 능력으로 나의 믿음으로 모든 것을 받으려고 했습니다.

그런데 이제 알았습니다.

우리 하나님께서는 내가 받으려고 노력하기 전에 미리 주려고 준비하셨는데 긴긴 시간 거부하며 내 안에 있는 쓰레기와 오물을 끌어안고 살았다는 것을요.

그러나 지금 나는 하나님의 음성이 들립니다.

사랑하는 내 딸아 내가 너를 사랑한단다.

그래서 너를 구원했어.

그리고 너를 치유하고 회복시키고 싶단다.

너의 가정도 너의 교회도 내가 사랑과 평화로 화목되게 해줄게.

오, 주님 감사합니다.

왜 나는 매일매일 기도하면서도 주님 앞에 가까이 간다고 하면서도 부족함만 주님 앞에 보이는지요.

사랑하는 주님이 은혜로 모든 것을 주시겠다는데 받으려는 은혜를 준비하지 못해 주님 앞에 부끄럽습니다.

항상 저의 사명이 사역이 저를 붙잡아주시며 제가 조금애 이나마 느끼며 고통함께 자기의에게 하시니 항상 저의 사역에 사명에 중심에서 육신의 고통 중인 저를 붙잡아 주시고 제가 낮아짐으로 주님의 십자가 고통을 조금씩이나마 느끼며 만지며 회개하여 주님과 교통하게 하시니 정말 감사합니다.

병중에도 주님은 더욱 역동적으로 찾아와 주서서 저를 깨우시고 사랑해 주시니 주님 앞에 갈 때까지 주님의 피로 세운 교회 지키며 사랑하며 건강하게 성장하도록 사명 감당하겠습니다.

사랑합니다, 주님.

12. 하나님 앞에선 한 사람

마더와이즈 사역을 통하여 많은 엄마들을 만났습니다.

그들의 마음 속 깊은 고백들을 수없이 많이 들었습니다.

그들의 마음은 한결같이 자신의 자녀들이 자신의 마음의 격에 맞는 아이로 키우고자 맞춤 양육을 원하고 있었습니다.

내가 원하는 조건에 맞춰서 다른 사람과 구별되게 살기 원하고 좋은 대학, 좋은 직장, 좋은 성품 모두 가져야 하니까 영아시기부터 엄마 자신의 왕국을 차려 놓고 양육하려는 겁니다.

나는 그것이 얼마나 큰 죄악인가

자녀 양육에 하나님이 얼마나 중요한가

선포할 때 그들은 서로를 바라보면서 울며 기도하고 자녀를 위하여 중보하기 시작했습니다.

먼저 자녀를 위해 기도하고 하나님의 지혜를 간구했을 때 내 자녀에게 기쁨이 있다는 것을 깨달았습니다.

수많은 어머니들이 변했습니다. 자녀를 양육하기 위해 어머니가 먼저 하나님 앞에 서야 함을 깨달은 것입니다.

수많은 어머니들이 변했습니다 자녀를 양육하기 위해 어머니가 깨달은 것입니다 자신의 교만에서 나온 감정으로 자녀하니 애통하며 하나님앞에 시작했습니다

자신의 교만에서 나온 감정으로 자녀를 망치고 있다는 현실을 자복하고 애통하면서 하나님 앞에선 한 사람으로 나아가기 시작했습니다.

1기에서 5기까지 마치면서 암투병의 고통으로 중단의 위기도 왔지만 주님께서 함께하셔서 투병 중에도 2년 동안 할 수 있어 행복했습니다.

다시 6기를 열고 싶은데 암이 자라서 나의 몸이 지탱하기 어려워 다시 회복되어 할 수 있도록 주님 앞에 기도하며 치료하고 있습니다.

나를 원하는 어머니들 곁으로 빨리 다가가서 강의하고 선포하여 갇힌 자가 풀려나는 기적을 같이 체험하며 누리고 싶습니다.

2기부터 항암 치료 하면서 5기까지 진행했는데 나는 강단에서 같은 어머니 입장에서 선포한 그 시간들이 가장 행복했습니다.

다시 몸이 추스러지면
강렬하면서 가볍게
산다가 조용껍으로 가는
주님기배 주비벼서 솔아가서
지도다스리고 은혼게 라

다시 몸이 추스러지면 주님이 주신 마더와이즈 사명 감당하면서 기쁘게 살다가 성령충만하게 살다가 주님 곁으로 가고 싶습니다.

주님께서 주의 백성 삼아주셔서 나에게 오셔서 저를 다스리고 온케 하셨으니 저의 병마는 은혜이고 축복입니다.

주님이 나를 만나주셔서 내가 주님을 알게 되었으니 이보다 더 큰 축복은 없습니다.

앞으로 나의 삶은 주님이 원하시는 예배자로 주님이 원하시는 찬양자로 주님이 원하시는 기도자로 살아갈 것입니다.

주님, 감사합니다.

여호와 라파.

13. 사랑하는 나의 아들 치헌, 성헌아

사랑하는 나의 두 아들아.

오늘 엄마가 항암주사 맞은 지 이틀이 되었는데 속이 많이 울렁거리는구나.

엄마는 항암 부작용을 경험할 때마다 이것이 고통이 아니고 나의 연단으로 너희들이 더욱더 단단하게 단련되어지는 신앙으로 살아난다고 생각하면서 기쁘게 견디고 있단다.

믿는 사람은 누구나 태어나면 어떤 이유든지 주님 앞에 가게 되어 있단다.

나의 사랑하는 아들 치헌, 성헌아.
엄마의 투병은 힘들지만 의미 없는 투병이 아니야.

너희들은 엄마의 타버린 재의 작은 불씨로 엄청난 성령의 불을 붙여서 성령충만한 자가 되는 것을 기대하고 너희들이 세상에 빚진 자의 심정으로 복음을 들고 역동적으로 나아가기를 날마다 간구하며 투병의 시간들을 이겨 나간단다.

나의 생명을 연장시켜 주시는 하나님의 은혜를 항상 감사하면서 이 투병의 시간들 속에서 너희들이 주님 앞에 우뚝 서기를 기대해 본단다.

사랑이란 단어로 다 표현할 수 없는 나의 아들들아.

너희들의 미래를 위하여 투병 중에도 기도하며 예배하며 삶의 불을 태우는 엄마는 결코 불행하지 않아.

아니, 행복하단다.

엄마가 바라보는 모든 것들이 공간을 초월하여 행복이란 곳을 바라보고 있고, 엄마의 고통의 호흡은 너희들에게 꽃을 피우게 하는 수정체가 되어 있단다.

사랑하는 나의 두 아들. 너희들은 진정으로 하나님이 사랑하는 예배자가 먼저 되어 너희들의 사역에서 주님을 선포하거라.

너희들이 찬양으로 선포하는 그곳에 엄마의 영혼은 항상 머물러 있을 거야.

주님을 따르는 자에게 특권으로 주시는 주님이 주시는 힘과 용기로 힘들어도 두려워도 도망가지 말고 선한 목자 되어 약한 자를 치유하는 치유의 역사를 많이 목격하고 체험하여 예수님 앞에 상처를 가지고 나아온 자를 위로하고 치유하는 자가 되어 너희들의 신앙의 여정을 기쁨으로 가거라.

그리고 주님의 자녀로 영혼을 불태워 너희들의 인생을 완전히 주님께 드려라.

진정한 구원의 좁은 길을 가면 주님께서 항상 함께하실 거야.

그 주님의 은혜를 가슴 깊이 묻고 너희 마음 모두를 주님께 바쳐라.

엄마는 이 세상에서 너희들이 신

앙 잃지 않고 살아가는 모습 하나만으로도 만족하는데 주의 일에 모두를 바치며 살아가는 모습을 상상하면 기쁨의 강물이 엄마의 영혼을 정결하게 한단다.

사랑하는 나의 두 아들아.

주님이 지켜주시는 은혜로 우리 가정을 행복하게 화목하게 영원히 지키자.

14. 유혹하는 사단의 정체

예수님께서는 항상 사단의 존재를 성경에 비유로 체험으로 말씀하셨습니다.

40일 금식 후 떡으로 유혹한 사단의 정체를 예수님은 주저 없이 물리치시어 우리가 사단을 물리칠 수 있는 능력을 알게 해 주셨습니다.

사단은 누구에게나 같은 방법으로 공격하지도 않습니다 사단은 누구에게나 같은 방법으로 찾아오지 않고 똑같은 수법으로 공격하지도 않습니다.

시대적 문화적 상황에 맞게 자기의 계획을 치밀하게 짜서 우리에게 다가오고 우리는 사단의 비밀스러운 정체를 분별하지 못하고 깨어있지도 못할 때가 너무 많아 넘어지고 쓰러져 지쳐갑니다.

젊은 청소년들에게 감미로운 음악으로 유혹하며 다가오면 그들은 주저 없이 사단을 따릅니다.

장년들에게 물질을 가지고 다가오면 그들은 그들의 영이 무엇을 바라보는지 분별하지 못하고 물질을 향하여 사단의 정체를 모른 체 넘어갑니다.

교회 공동체에도 사단의 정체는 들어옵니다 예배의 방법을 가지고 들어, 옛 것이 거룩한 것이라며 항상에 묶여있는 예배를 친 분열을 야기 시키기도합니다. 서로의 사명을 외면하려면 그리고 경로자으로 복음은 막은 자들을 미혹시켜 데려가게 한 교회 공동체에도 사단의 정체는 비밀스러운 계획을 가지고 들어옵니다. 예배의 방법을 가지고 들어옵니다.

옛 것이 거룩한 것이라며 현재의 것을 비방합니다.

형식에 얽매인 예배를 찬양하기도 하며 공동체 내에서 분열을 야기시키기도 합니다.

서로의 사역을 위로하지 않고 질투하며 불평하게 합니다.

그리고 결론적으로 복음을 알고 싶어서 예수님을 믿고 싶어서 온 자들을 미혹시켜 떠나게 하고 마는 것입니다.

이런 사단의 계략을 우리는 말씀으로 물리쳐야 합니다.

시편 68편 1절 말씀에 하나님이 일어나시니 원수들이 흩어지며 주를 미워하는 자들은 주 앞에서 도망하리이다 말씀하셨습니다.

청년들이 잘못된 사단 음악에 빠지면 절대 안 돼 라고 외쳐야 합니다.

주를 미워하는 자들을 도말하고 출애굽시켜야 합니다.

이 땅에 주님을 향한 진실한 영과 눈을 가진 자들의 수가 늘어 하나님의 마음을 알아 주의 나라를 세워가고 선포하는 그날 우리 주님은 모든 탕자를 용서하고 천국 잔치를 베풀어 주실 것입니다.

우리는 우리가 똑똑해서 주님을 택한 것이 아닙니다.

주께서 우리를 너무나 사랑하셔서 택하여 주신 것입니다.

그래서 예수님은 우리 개인, 개인에게 날마다 일대일로 찾아와주셔서 위로하시고 긍휼을 베푸시고 눈에 눈물을 닦아 주십니다.

오늘 나에게도 육신이 아픈 가운데 찾아와 주셔서 치유해 주시고 만져주시며 위로를 해 주셨습니다.

그런 주님의 위로를 받으며 아픈 가운데서도 외롭지 않고 슬프지 않습니다.

사단은 이미 예수님이 다 쫓아주시고 저보고는 누리라고만 말씀하
셨습니다.

우리 교회 공동체 속에는 절대로
사단이 자리 잡을 수 없도록 기도하
여 역동적으로 주님을 따라서 하나
님의 마음을 모두 가슴에 품어 행복한 성도들이 행복한 웃음으로 가
정에서, 직장에서, 교회에서 주님의 보호를 받으며 살아가기를 기도
해 봅니다.

15. 주님과 함께 겨울을 보낸다

차갑고 매서운 바람이 유독히 심했던 겨울이 다 가고 변덕스러운 봄날이 꽃샘추위와 함께 찾아왔다.

유난히도 길었던 겨울의 여정이 따뜻한 봄볕 아래 그림자처럼 사라졌다.

너무나 추워서 특히 생존 하기가 겨울아 빨리 가라 겨울이 빨리 겨울이 빨리 가기만을 고대하면서 나의 몸은 여전히 암세포 증식과

너무나 추워서 투병생활 하기가 무척 힘들었다.

겨울아 빨리 가라. 겨울이 빨리 가야 나도 살겠다.

겨울이 빨리 가기만을 고대하면서 햇볕 따스한 봄을 맞았지만 나의 몸은 여전히 암세포 증식과 맞서고 있다.

그래도 따스한 봄볕이 창문을 통해 나의 등을 두드리니 너무 좋다. 나는 알고 있다. 나를 치유하는 치유의 광선은 따뜻한 봄볕이 아니고 하나님의 온전하신 치유하심이라는 것을…

그런데도 그 하나님의 빛을 통하여 치유해 가심을 잊을 때가 너무 많다.

완전히 치유되지 않아도 하나님은 천천히 치유하면서 몸과 영혼을 같이 회복하시려 하시는데 나는 너무 급해서 하나님의 손길에 목마름을 느끼기도 한다.

그러나 하나님은 내가 내 힘으로 할 수 없다는 것을 아시기 때문에 나의 목마름이 하나님을 더욱 의지하려는 것도 아신다.

나의 모두를 아시는 하나님께 서 오늘 따뜻한 봄볕에 나의 몸을 뜨겁게 달구어 주셨다.

나의 온몸을 아시는 하나님께서
나의 모든 뜨겁게 단 ~~욕심~~:
나를 선택하신 하나님이 나
너무 당아서 나도 그것을 다
넉넉히주시니

나를 선택하신 하나님이 나에게 주시고자 하는 욕심이 너무 많아서 넉넉히 주시니 나는 그것을 다 받아 먹을 수 있어서 행복하다.

나의 투병 생활에 무시로 간섭하시며 내가 할 수 없을 때 할 수 있는 힘을 주시고 생각할 수 없는 것을 생각할 수 있게 하시고 품을 수 없는 것을 품게 하시며 아픈 가운데서도 비전을 잃어버리지 않게 하셨다.

나의 지성과 교양이 아니
품어주심으로 나는 날마다
긴 겨울도 지나가 대체로
누리고 돌어가에 산책하시
행복한 날로 기억될 것들

나의 지성과 교양이 아니고 오직 하나님이 나를 품어주심으로 나는 날마다 고통에서 일어설 수 있었다.

긴 겨울도 지나가고 봄날의 따뜻함을 주님과 동행하며 산책하니 이 시간들이 행복한 날로 기억될 것 같다. 늘 주님 품에 안기어 행복한 시간을 보내는 날들을 오래오래 누리고 싶다.

내 마음에 주님께서 차가운 겨울에도 봄날같이 찾아오셨다는 것을 나는 이 겨울이 다 간 후에 알게 됐다.

사랑의 주님은 언제나 변함없이 자기 백성을 지켜주신다는 것도 이 겨울이 다 간 후에 다시 한번 느낀다.

주님과 함께 봄을 맞으며 이 글을 씁니다.

16. 사랑의 주님

고린도전서 13장에 보면 사랑은 모든 선을 행하며 악을 행하지 않는다고 써있습니다.

사랑은 우리가 매일 먹어야 하는 양식과도 같은데 그 양식이 매일 모자라서 굶주리고 갈급해하며 서러워합니다.

음식을 잘못 먹으면 토해버리고 싶고 속이 거북해서 아무 일도 할 수 없습니다.

하나님이 날마다 만나처럼 주시는 사랑은 매일 토해버리고 굶주림에 허덕이는 삶을 살지는 않는지요.

오늘 나는 사랑의 반대편에 있는 내 마음 구석을 현미경으로 보고 있습니다.

사랑의 반대편 그늘에 아주 커다란 미움과 시기와 질투, 욕심이 현미경 속으로 보입니다.

주님이 주신 상처도 아닌데 주님이 치유해 주지 않는다고 주님 앞에 목마름을 외칩니다.

주님은 나를 사랑한 것밖에 없는데 나는 주님이 주신 사랑보다 반대편에 있는 그늘 속 음침한 곳에서 더욱 주님이 개입해 주기를 원하였습니다.

그러나 우리 주님께서는 그 마음도 아시고 묵묵히 찾아오셔서 나를 보호해 주시고 건져 주셔서 주님을 통하여 하나님의 빛을 온전히 비추게 하셨습니다.

나의 영성은 고작 환란 중에 나를 위로하시는 하나님을 경험하는 것에서 머물러 있습니다. 더 나아가 남이 겪는 아픔을 알아가는 데 기도와 시간을 더 많이 내어야 합니다.

주님은 기도 중에 환란 중에 있는 자를 위로할 능력을 주시겠다고 저에게 말씀하십니다.

저를 위로하기 위해 주시는 명령을 저는 사랑으로 회복될 자, 위로받을 자들이 회복되게 해달라고 기도하며 사용하겠습니다.

내가 누구를 위로하고 그가 회복되었다고 주님 앞에 고백할 때 우리 주님께서는 내게 주신 능력으로 일어서라고 말씀하십니다.

우리 주님의 사랑의 끝은 마음 속 반대편에 악을 꺼내어 이기고 승리하여 하나님의 뜻에 순종하는 것입니다.

내가 순종하지 아니하면 주님은 아무것도 행하지 않으시고 나는 사랑을 간구하며 굶어 죽게 됩니다.

환란 중에도 위로하시는 하나님의 사랑을 믿고, 따르고, 순종하는 것이 우리에게 주시는 하나님의 축복을 받는 비결입니다.

그 축복 속에서 우리는 순종과 불순종의 영을 분별할 수 있고 하나님이 세우신 질서대로 신앙생활을 할 수 있습니다.

　이런 사랑의 주님을 안다면 우리는 교회 공동체에서 하나님과 교회 목사님과 함께 순종의 역사를 써내려가는 성도가 되어갈 것입니다.

17. 힘을 다하여

힘을 다하여 주 여호와를 섬기는 신앙으로 달리다 보면 내가 누구를 위하여 왜 모든 것을 소진하며 달리는지 목표를 잃어버릴 때가 있다.

그러나 주의 일을 하다 보면 힘을 다하여 섬기는 것에 의를 두기 때문에 자칫하면 마르다와 같이 달릴 수가 있습니다.

마르다는 결코 나쁜 일을 하지 않았지만 자기의 의로 한 일을 모르고 주님을 따랐습니다.

나의 힘으로 하는지 모르고 모든 것을 바쳐 주의 일을 할 때 우리는 주님을 만나는 기쁨을 누리기 전에 실족하거나 실망하여 주저앉아 버릴 수 있습니다.

다시 일어나려면 많은 시간과 노력과 은혜가 필요하지만 너무나 지쳐서 일어날 수 없을 때에는 주님이 슬퍼하시는 비극의 환란이 시작됩니다.

그러므로 나의 의가 나타나기 전에 힘을 빼야 합니다.

주님을 만나고 싶은 열정을 가지고 주님 앞에 나아가야 합니다.

하나님 홀로 영광 받으시고 임재하셔서 이 세상을 다스리는 진리를 마음에 새기고 공중 권세 잡은 사단 마귀의 세력을 물리쳐야 합니다.

광야의 시간을 주시고 또 그 광야에서 주님의 음성도 들려주시지만 그 시간을 지나는 우리는 주님의 마음을 알아가기까지 쉽지 않은 연단을 받게 됩니다.

그러나 오직 주님을 만나려는 열정과 구원을 사모하는 믿음이 있다면 주님께서 보혈의 피로 우리를 씻겨 주실 것입니다.

내가 내 힘으로 주의일로 완성헸
결코 구원을 받 쓸수 없습니다

내가 내 힘으로 주의 일을 완성했다고 자신할 때 우리는 결코 주님을 만날 수 없습니다.

우리의 죄로 인하여 피 흘리신 예수님, 우리의 죄로 인하여 상처투성이가 되신 예수님.

우리는 그 주님이 구원해 주셔서 죄의 문제를 해결하고 행복하게 살 수 있는 것입니다.

나도 모르게 힘을 다하였던 섬김
주님이 차단되어 넘어짐

나도 모르게 힘을 다하였던 섬김이 주님을 밀어내고 주님과의 만남이 차단되어 넘어지고 쓰러지지 않도록 나의 생각과 지식을 넘어 주님이 주시는 평강을 누리도록 기도하며 두려움을 이겨냅시다.

그리고 모든 영광이 주님을 통해서 꼭 나에게 온다는 확신 속에서 주님을 바라보고 그 영광을 사모해 나아갑시다.

18. 육신의 정욕

고추모종 5개를 심어서 먹어야겠다.

갑자기 고추농사를 지어야겠다는 마음이 급해져서 화원에 갔다.

고추를 따먹을 생각을 하며 모종을 만지고 있을 때 주인이 사모님 암에 삼채 좋은 것 아세요? 이 모종 심어서 베어 먹으면 암에 좋대요.

그 말을 듣는 순간 모종 12개를 주문해서 사왔다. 주인 말 한마디에 모종을 사들고 온 나는 갑자기 주님 생각이 났다.

주님이 우리를 구원하셨다고 예수 믿으라고 수많은 사람들이 전도하고 또 전도를 받고 하지만 전도 받는 자의 응답은 더디고 답답하다.

복음의 메시지를 신뢰하지 않는 이 세대에도 주님은 끊임없이 이 땅에 주님의 자녀를 찾고 계시는데 우리의 모습은 오늘 내가 암에 좋은 모종을 먹으려고 사온 그 모습이 진실이다.

강력한 주님의 말씀이 선포되는데도 응답하려 하지 않는 이 세대에 사는 많은 사람들을 움직이게 해야 하는 것이 크리스찬의 임무가 아닐까.

오랫동안 하나님의 자녀이면서도 십자가의 능력을 충분히 경험하지 못하는 사람들이 많은 것은 우리의 삶에서 주님을 믿는 믿음이 우선되지 못하고 주님의 약속보다 오늘 나에게 처한 현실이 먼저 보이기 때문인 것 같다.

오늘 나도 나의 병이 먼저 보여서 주님께 맡기고 기도하는 것을 게을리하고 내 육신의 욕심에 귀가 번쩍 뜨인 하루였다.

삼채 모종이 나를 깨우치게 해 주었고 이 밤에 나는 살아계신 하나님을 다시 바라보며 믿음의 약속을 해본다.

나의 삶에 주님이 관계하지 않으면 나의 육신은 그저 암세포가 퍼져있는 육신에 불과하지만 주님이 관계하셔서 기도하고 깨닫고 두드린다면 지금 있는 이 자리가 천국이요, 선교지요, 사명지인 것입니다.

19. 미래

누구든지 미래를 열어볼 수 있다면 우리는 지나온 삶이나 앞으로의 삶에 두려움이나 미련이 없을 것이다.

그러나 불행히도 우리가 미래를 열어 보려 우리의 힘으로, 지혜로 애를 써도 볼 수 없다.

그러나 견고한 신앙의 기초에서 어떤 상황에도 흔들리지 않는 믿음과 지혜로 주님께 우리의 미래를 맡긴다면 주님께서 미래를 열어 보여줄 것이다.

사랑하는 자녀가 예수님의 자녀라는 정체성을 가지고 미래를 설계하며 사랑하는 남편이 기도의 끈을 놓지 않고 뜨겁게 기도한다면 이 가정의 미래를 주님께서 열어 보여주시지 않겠는가.

그래서 우리는 화목해야 한다.

마태복음 5:23절

먼저 화목하여 자신을 주님께 내어 놓으면 주께서 우리의 미래를 책임져 주실 것이다.

아름다운 것을 보면 아름답다고 말할 수 있는 입을 주시고 선한 말을 들으면 가슴이 울리어 눈물 나게 하는 눈을 주시는 여호와 하나님께 우리가 보고 듣는 일들에 은혜를 더

하여 화목케 해달라고 간구합니다.

　우리의 미래를 이루시는 이는 여호와 하나님이시니 그 주권 안에서 우리를 긍휼히 여기어 창대한 미래를 열어 주소서.

20. 무명으로 온 편지

사랑하는 사모님께 작지만 하나님의 건강의 축복이 임하길 간절히 원하는 기도하는 마음으로 섬깁니다. 또한 섬김의 마음을 주신 하나님께 기쁨과 감사를 드립니다.

사모님과 같은 병은 아니었지만 저 역시 항암치료를 받고 하나님께서 저를 사랑하사 완전하게 고쳐주신 흔적을 갖고 있습니다.

비록 사모님께서 바울처럼 어쩜 육체를 떠나 하나님 품에 안기는 것을 원할는지 모르겠지만 교회와 성도들 곁에 있는 것이 무엇보다 우리에게 큰 유익이 된다는 사실을 저는 알게 되었기에 하나님께 성도들의 유익과 성장 그리고 예수 그리스도를 닮아가는 형상으로 하나님께 영광 돌릴 것을 구하게 됩니다. 또한 아픈 가운데도 신실하게 하나님을 바라보고 하나님의 뜻을 이루기 위해 애쓰고 인내하며 무엇보다 순전한 모습으로 하나님이 기뻐하시는 모습을 보이시고 드러내시는 사모님을 볼 때마다 정말 아름다운 사람이구나! 하며 감동을 받고 선한 의지가 샘솟게 하십니다.

사모님! 사랑합니다. 사모님을 만난 것이 굉장한 축복입니다.

저뿐 아니라 교회 성도님들 모두 말입니다. 그런 사모님이 지금 계셔서 무척 기쁘고 하나님께 감사드립니다. 이제 하나님께서 저를 고

67

쳐주신 그 능력으로 사모님의 병을 고치시고 사모님과 목사님께 보여주신 미래의 축복이 교회를 통하여 놀랍게 넘쳐날 것을 바라보며 기쁨이 쌓여갑니다.

사모님! 항암치료가 얼마나 고통스러운지 저는 잘 압니다. 저 역시 식사도 못 하고 모든 세포가 다 죽어서 기운도 없고 뼈도 말라가고 살도 말라가 볼품없는 모습이 되어 버립니다. 그러나 사모님과 함께하시는 예수님께서 평안 가운데 함께하시고 열정 가운데 살게 하시니 얼마나 감사한지요!

사모님의 모습에서 언제나 "죽으면 죽으리라"라는 말이 생생하게 머릿속에 새겨지고 마음속에 박혀 버립니다. 저는 믿고 기도합니다. 하나님의 뜻이 무엇인지 알지 못하나 하나님을 기쁘게 하는 마음과 선한 마음을 주신 분의 능력이 사모님의 병을 능히 고치시고 연장시켜 주실 것을 말입니다. 나를 살리신 그 능력이 사모님을 살리시고 오직 하나님의 영광으로 말미암아 성도님들에게 거룩한 열매와 교회가 굳게 세워갈 것을 진실한 마음과 하나님의 능력과 긍휼하심과 사랑에 의지하여 기도합니다.

하나님 아버지 감사합니다. 우리의 기도를 들으시고 응답하시되 당신의 선한 뜻 가운데 우리에게 놀라움으로 역사하심을 찬송합니다.

이제 하나님! 하나님의 사랑하는 자, 즉 사모님의 모습에서 하나님의 크신 권능이 나타나기를 간구합니다. 우리 교회와 성도님들은 사모님이 계시는 것이 얼마나 유익이 되는지 모릅니다. 하나님의 자녀들의 온전한 성장과 사랑 안에 거하도록 사모님을 축복하사 생명을 연장시켜 주셔서 하나님의 영광을 보게 하여 주옵소서! 그러므로 치료 가운데 하나님의 기쁨과 사랑을 더욱더 부어주시고 고통 가운데 계신 예수 그리스도의 십자가의 고난에 참여함으로써 은혜의 은혜를 더하여 주소서!

그리하여 이제 부활에 역시 참여함으로써 그 놀라운 생명의 역사들이 사모님을 통해 온 교회와 성도에게 흘러넘치게 하옵소서!

오직 부활이요 생명이신 예수님의 이름으로 기도드립니다. 아멘.

추신)

사모님과 저와의 상황은 다르더라도 저는 입맛이 없을 때 나물에다 고추장을 조금 풀어 비빔밥을 해서 먹었더니 아주 맛있고 기운이 부쩍 나왔답니다. 사모님의 경우는 다를지 모르지만 밥을 아주 맛있게 먹는 것도 하나님의 은혜였습니다.

사모님! 작은 성의지만 이 위에 하나님께서 기름 부으사 놀라운 육체의 역사!, 즉 모든 세포들(건강한)이 활발하게 살아 움직이는 역사가 일어날 것을 우리 하나님 아버지께 감사한 마음과 축복해 주실 것을 믿으며 기대합니다.

사모님! 사랑하고 축복합니다.

무명으로 편지를 받았습니다. 누구인지 예측도 안 되고 궁금했습니다. 음식을 사먹으라고 돈도 들어 있었습니다.

본인의 투병 생활 중 겪었던 아픔과 고통도 쓰여 있었습니다.

나는 답장을 보낼 수 없는 편지의 주인을 생각하며 이 글을 씁니다.

내가 무엇이관데 교회와 성도 곁에 있어 큰 유익과 기쁨이 된다고 또 저를 만난 것이 축복이라고 고백하는지 저는 너무나 부끄럽습니다.

제가 성도들의 사랑을 너무 넘치게 받아서 주님 곁에 가는 것이 하나도 두렵지 않다고 고백했는데 우리 사랑하는 성도들의 마음은 저와 조금 더 많은 시간을 같이하기를 이토록 간절하게 기도하며 눈물로 주님 앞에 나아가는데 나약한 저의 모습을 우리 성도들에게 보임에 너무나 부족함을 느낍니다.

부족함을 느끼지만 하나님 앞에 놀라운 도전과 기쁨도 함께 느낍니다.

하나님! 성도님들 때문에 저를 살려 주셔야 합니다.

그들이 기뻐하며 성전에서 춤추는 모습을 보고 싶습니다.

제가 가야 할 천국의 모습을 크리스찬교회 성전에서 주님께서 먼저 보여주세요.

저는 이제부터 저의 생명을 살려달라고 기도합니다.

주님의 능력으로 주님의 권능으로 치유하여 우리 성도들을 행복하게 해달라고 강권적인 기도를 합니다.

내가 살아야 하는 이유는 성도들이 간절히 원하여 나를 너무너무 사랑하여서 제가 죽을 수 없고 또 살아야 하는 이유가 된다는 것을 머리가 아니고 가슴으로 맞이합니다.

보잘것없는 나를 드러내시어 성도들에게 필요한 사람이라고 살아야 한다고 우리 성도들이 너무 가슴 아파하며 기도하는 소리가 내 가슴

보잘것없는 나를 드러내시어 사람이라고 살아야한다고 가슴아파하며 기도하는소리가 내귀에울립니다.

에, 내 머리에, 내 귀에 울립니다.

하나님, 성도들의 외침의 기도에 응답하소서.

오늘 밤 나를 만드신 이가 나를 살리시고 고치실 것을 믿으며 기도합니다.

여호와 라파. 나를 치료하소서.

21. 선한 싸움 싸우게 하소서

"오직 너 하나님의 사람아 이것들을 피하고 의과 경건과 믿음과 사랑과 인내와 온유를 따르며 믿음의 선한 싸움을 싸우라"(딤전 6:11-12)

매일 선한 싸움을 싸워야 하는데 우리는 너무나 부족하여 사랑하는 것들이 세상 안에 너무 많아 탐욕과 교만으로 선한 싸움에 이기지 못할 때가 많다.

피해야 할 것에 더욱 마음이 가고 다시 회개하며 하나님의 은혜를 찾아 갈망한다.

그러나 하나님이 우리에게 부어주신 은혜를 생각하며 은혜의 삶을 풍성하게 살 수 있도록 기도로 간구하여 열망과 파멸을 이기고 선한 싸움을 싸워야 한다.

우리는 세상속에서 그리 입니다.
나약 하지만 하나님의 만 결코 세상에서 쓰러지고 믿음을 감영받으왼습니다.

우리는 세상 속에서 그리스도의 향기를 나타내야 하는 그리스도인입니다.

나약하지만 하나님의 말씀에 힘입어 성령님의 보호를 받는다면 결코 세상에서 쓰러지지 않고 하나님이 원하시는 분량의 믿음을 감당할 수 있습니다.

나의 분량은 얼마큼인가요. 주님께 물으며 주님께서 약속해 주신 약속을 믿고 믿지 않는 자에게 진리의 복음을 전할 수 있는 자가 되어야 합니다.

주님께서 나에게 항상 영적 승리를 하라고 기도 중에 예배 중에 간섭하십니다.

우리는 그 주님의 음성에 민감하여 홀로서기를 해야 합니다.

주님께서 주시는 복은 결코 세상에 있지 아니하고 우리가 선한 싸움으로 싸우는데 있다고 고백한다면 주님과 동행하는 삶을 기뻐 누리게 될 것입니다.

왜냐하면 우리는 주님께서 의와 경건, 믿음, 사랑, 온유를 품고 가신 그 길을 가기를 모두 소망하기 때문입니다.

사랑의 주님이시여.

내가 사랑하는 모든 자들이 주님 가신 그 길을 기뻐 가게 하시고 세상 사람들이 누리는 부와 축복에 비교할 수 없는 은혜와 축복을 누리며 살아가게 하소서.

그래서 세상에서 싸워도 싸워도 지치지 않는 군사가 되어 주님을 기쁘게 하는 자 모두 되게 하소서.

그리고 그들을 통하여 그리스도가 대대로 영원토록 전파되게 하소서.

주께서 주신 의의 병기를 날마다 사용하며 감사하는 천국 백성 될 수 있도록 이 시간 중보합니다.

주님께서 나에게 항상 영적승리 하십니다.
우리는 그 주님의 음성에 민감하여 주님께서 주시는 복은 결코 세상에 싸우는데 있다 고백한다면 누리게 될 것입니다. 예배

사랑의 주님이시여.
내가 사랑하는 모든자들과 주님, 세상사람들이 누리는 복과 축복에 누리며 살아가게 하소서

22. 제주도

시찰회에서 제주도 여행을 갔다.

지난 3월에 가족여행을 다녀왔었는데 내 몸이 너무 아파서 가족들에게 많이 미안했다.

우리 아들들이 엄마가 건강하게 기쁘게 지내는 것을 항상 소망하는데 이번 제주도 여행에서는 좋은 컨디션으로 지낼 수 있어서 무한 기쁘다.

올레길을 걸으며 나는 제주도의 향기를 가슴으로 맡으며 집으로 가져가려 욕심을 부렸다.

맑은 공기와 바람결에 하나님의 어루만지심을 느끼며 나의 아버지 되시는 하나님의 애정을 다시 깊이 느껴본다.

자연이 나에게 가져다 준 작은 축복의 시간이었다.

나의 아버지로 나에게 오셔서 성령으로 내 안에 임재해 주시고 그 고귀한 성품으로 나에게 넘치는 사랑과 은혜를 주셨으니 나의 아바 아버지 하나님은 나의 생애에 최고의 위로자이십니다.

나의 병중에도 하나님께서 긍휼을 베풀어 주셔서 나로 하여금 원

수도 용서하게 하시고 또 그 마음으로 하루하루를 사랑하며 살아가게 하시니 나의 아버지 하나님을 통해서 오늘도 나는 변화받습니다.

하나님의 자녀로서 지켜야 할 명백한 징표는 악을 멀리하고 이단을 멸하고 하나님이 사랑하시는 백성을 사랑하는 것입니다.

아버지!
아버지가 원하시는 그 삶을 살면서 제 삶에 부끄러움이 없는 정결한 마음을 품어 주님의 성품 닮아가는 자가 되겠습니다.

아버지!
아버지가 원하시는 그 삶을
사는 정결하게 마음을 품어 주
되겠습니다

23. 제주도

우도.

소가 누워있는 모습의 섬이다.

난 우도의 바닷가를 거닐다가 파란 바다속에 또 하나의 비취빛 호수를 보았다.

그 물은 너무나 맑아서 마치 내가 그 속에 빨려 들어가는 느낌을 받으면서 황홀했다.

눈이 부셨다.

가슴은 바다물이 들어와 출렁거린다.

무엇으로 이 감격을 표현할까.

내 병을 잊을 정도로 만끽하며 즐거워했다.

우리는 태어날 때 누구나 이 바다와 같은 맑은 마음을 가지고 태어나지만 살아가면서 육신의 욕망이 하나님의 뜻을 따르지 않고 육체의 일을 하며 분쟁하고 시기하고 투기하고 우상 숭배하며 당 짓기하며 육체의 욕망을 따라 쫓습니다.

우도의 바다가 말없이 깨끗함과 행복함을 우리에게 주듯 이 우리들이 더러운 욕망에 물든 마음도 주님이 원하시는 그리스도의 삶을 살며 영적 투쟁에 승리한다면 주께서 주시는 자유함을 얻어 깨끗한 육체로 돌아갈 수 있습니다.

우도의 바다가 말없이 깨끗하고
우리들의 더러운 욕망이 물든마음도
살아 계신 하나님 안에 있도록 하며
깨끗한 육체로 돌아갈수있겠습니다.

그러기 위해서 말씀 위에 굳건하게 서야 하는 하나님의 진리를 항상 잊지 말고 성령 충만함으로 날마다 날마다 빛의 삶을 걸어가야 합니다.

복잡한 곳에서나 한적한 섬에서
나도 모르게 나의 육체의 더러...
벗겨져 씻기우는 느낌

복잡한 곳을 떠나 한적한 섬에서 주님을 묵상하며 거닐다 보니 나도 모르게 나의 육체의 더러웠던 소욕들이 하나하나 벗겨져 씻기우는 느낌입니다.

나를 살리는 영은 성령이요, 나를 죽이는 영은 육체를 따라 사는 욕심이니 나를 살리는 성령님이 욕심이 다가올 때마다 물리쳐 주심을 나는 오늘 깨닫고 이 시간 감사하게 됩니다.

성령에 흠뻑 취해서 바닷가를 거닐다 보니 나의 몸이 성령의 치유함을 느껴 암에서 해방되는 자유함도 누려봅니다.

지금 이 시간 너무나 감사해서
없는 - 주님 모습에

지금 이 시간 너무나 감사해서 주님을 찾을 수밖에 없는 저의 모습이 무척 행복합니다.

주 예수를 믿음으로 저에게 이런 행복을 느끼게 하시고 누리게 하시니 욕심 부리지 않고 주님이 주신 영역 안에서 자유하며 감사하며 기뻐하며 살겠습니다.

24. 제주도

이제 나에게 제주도는 추억의 섬이 되었다.

우리 아들과 행복했던 사진 한 컷.

또 세라와 행복한 사진 한 컷.

그리고 나의 남편이 조심조심 나의 눈치 보며 나를 즐겁게 해주려 했던 속정 깊은 마음도 나는 표현하지 않았지만 알고 있다.

나의 생에 기쁘고 의미 깊은 여행이고 섬이었다.

작은아들이 같이 오지 못함에 항상 옆구리 한쪽은 비어 있다.

그래도 이 여행은 하나님이 아픔 가운데 나에게 허락한 여행이기에 방에 있어도 행복하고, 거실에 있어도 행복하고, 식물원을 가도 행복하고, 아쿠아를 가도 행복했다.

행복의 조건은 정말 사람의 잣대로 재서는 안 된다는 성경의 가르침이 나의 지금 이 여행에서 보여주고 있다.

억수같이 쏟아지는 빗줄기와 금방이라도 모든 것을 삼킬 것 같은 파도 소리에도 평안함을 느낄 수 있는 이 행복이야말로 무엇과도 비교될 수 없는 순수한 행복이다.

자녀가 행복하기를 바라는 부모의 마음은 누구나 이런 것일 것이다. 어떤 환경에서도 행복하기를 바라는 마음…

오늘 느끼는 이 행복들. 시간이 지나가면 나의 인생 여정 한쪽에 자리 잡고 있겠지.

그러나 하나님이 원하는 때에 하나님이 이루시는 일들을 나는 행복하게 누리면 된다.

하나님은 시와 때를 맞추어 나에게 쉴 때와 일할 때를 인도하셨다.

주님이 쉬라고 하면 쉬어가는 그리스도인이 되는 것도 순종하는 마음이다.

하나님은 시대 때를 맞추어 일할때는 인도하신다.
주님이 쉬라고하면 쉬어가는 그 순종하는 마음이다.

우리는 일상에서 힘들게 하는 하나님의 정의를 때로는 이해할 수 없을 때가 있다.

그러나 하나님께서는 우리가 유혹에 넘어지지 않게 하기 위해 의심과 유혹을 받게 하신다.

그래서 하나님께서는 그때 넘어가지 하기위해 의심과유혹을 우리로하여금 온전한 예배와 찬양 께서는 우리를 훈련

우리로 하여금 온전한 예배와 찬양을 할 수 있도록 하나님께서는 우리를 훈련시키는 것이다.

이런 하나님은 항상 의와 공정으로 우리를 바라보시며 축복하신다. 우리가 안전한 항해를 할 수 있도록 하나님의 말씀 안에 굳게 설 수 있도록 인도하시는 것이다.

나는 제주도 여정의 쉼이 참 행복했다.

나는 제주도여정의 쉼이 그냥 행복 했다.

그냥 행복했다.

주님이 같이하고 가족이 같이 한다는 자체가 나에게 행복이라는 것을 이번 여행에서 예수님께서는 느끼게 해 주셨다.

육체의 병은 힘들지만 함께하는 행복을 만끽하고 돌아온 여행.

잊을 수 없습니다. 사랑합니다.

우리 가족 모두 All 사랑해요.

25. 사랑하는 청년들이여

나를 영의 어머니라 칭하며 따르는 클찬 청년들.

너무나 사랑스럽고 예쁘다.

나의 아들 두 명도 속해 있다.

스승의 날이라고 선물과 편지를 받았다.

나에게 편지쓴 모든청년 또
편지로 모든 클란청년 모두.

나에게 편지 쓴 모든 청년 또 편지는 안 썼지만 마음을 전해준 모든 클찬 청년 모두 사랑한다.

난 너희들에게 해준 게 없는데 어찌 이리 깊은 사랑을 내가 받는지 모르겠다.

이것은 정녕코 하나님의 은혜이다.

난 우리 청년들을 너무나 사랑하지만 내가 그들에게서 받은 사랑이 항상 더 크다.

그들은 진정으로 주님을 사랑하면서 나를 사랑하기 때문에 나의 마음속에 그 마음이 전달되어 느껴진다.

그래서 난 그들이 더욱 사랑스러
클란 교회에서 주님의 부르심으로 이
몸못치는 너희들의 기도를 나
들려주신다.
난 그들을 하나님이 믿으나
그들이 하나님 보시기에 아름답

그래서 난 그들이 더욱 사랑스럽다. 클찬교회에서 주님의 부르심을 받고 그분 안에서 온전해지려고 몸부림치는 너희들의 기도를 나에게 하나님이 영적으로 들려주신다.

난 그들을 하나님이 얼마나 사랑하는지 알기 때문에 그들이 하나님 보시기에 아름답게 사용되기를 기대한다.

그들이 인생의 긴 터널을 지날 때 클찬교회에서 그 터널 속을 지날 수 있는 힘과 용기를 얻기를 항상 바라며 기도한다.

그들이 인생의 긴 터널을 지 속을 지날수있는 힘과 용기을

많은 기도의 응답에 춤추며 기뻐하는 그들의 밝은 얼굴을 어찌 잊을 수 있으랴.

나는 언제까지나 그들이 세상을 두려워하지 말고, 원망하지도 말고, 주님 안에서 평안을 찾으며 그들의 인생을 승리로 이끌기를 바라며 중보하련다.

나는 언제까지나 그들이 세상을 두려워하며 원망을 하으며 그들 바라며 중보하련다.

클찬의 청년들아 이도숙 사모는 너희를 믿는다 바보스럽게 너희를 믿는다 왜냐하면 사랑하기 때문이다 너무나 사랑하기 때문이다 교회를 사랑하는 너희들의 마음이 사랑하는 너희들의 마음이 여수님을

클찬의 청년들아, 이도숙 사모는 너희를 믿는다.

바보스럽게 너희를 믿는다.

왜냐하면 사랑하기 때문이다. 너무나 사랑하기 때문이다.

교회를 사랑하는 너희들의 마음이 나를 울렸고 목사님을 사랑하는 너희들의 마음이 예수님을 울렸다.

주님께서 주신 지상명령 복음을 전하라 하신 명령을 힘든 가운데서도 지키며 행하는 너희들. 꼭 주님이 축복하실 거야.

그 축복의 여정에 나도 같이 늘 있고 싶다.

사랑한다. 클찬 청년들이여.

26. 늦은 봄비

　무척이나 더운 5月을 맞이하면서 때이른 여름의 더위를 느끼며 여름이 빨리 오려나 보다 했는데 5月 끝자락에 늦은 봄비를 허락하셨다.

　며칠 동안 비가 오더니 쌀쌀하기까지 한 날씨의 변덕에 긴 옷과 반팔 점퍼를 모두 꺼내어 하루에 몇 번씩 갈아입는다.

　내 몸의 지병으로 인해 나는 갑자기 추워지고 또 두꺼운 옷을 입으면 금방 더워진다. 그래서 얇은 옷을 두 벌씩 입고 있다.

　원래 나는 더위를 많이 타는 편이라 겨울에도 맨발에 반팔 티셔츠를 입고 몇십 년을 살았는데 지금은 긴 옷이 없으면 불안하다.

　더위와 추위에 민감하여 옷을 바꾸어 입으면서 문득 주님 생각을 하게 된다.

　우리에게 성령으로 오셔서 불같이 달구어 주어도 느끼지 못하고, 사랑한다 외쳐도 듣지 못하고, 성령님 우리 안에 계심을 무시하고 지내는 시간들이 얼마나 많았는가.

　우리는 어려움이 닥쳐야만 내가 혼자가 아님을 고백하며 주님을 찾는다.

아직 우리들의 눈이 완전히 뜨이지 않은 까닭이다.

그러나 주님은 왜 나를 부르셨는지 지금 이 세상보다 더 중요하고 좋은 것이 무엇인지 내가 확고하게 알기를 원하신다.

언제나 풍성한 삶으로 주님과 함께 마음의 눈을 열어 부르심의 소망을 잃지 않고 살아가기를 또한 명령하신다.

언제나 풍성한 삶으로 주님과 부르심의 소망을 잃지않고 명령하신다

우리에게 성령의 은혜로 마음의 눈을 뜨게 해 주신 하나님을 날마다 바라보며 변덕스러움을 따라가지 말고 내 안에 내주하는 성령님의 마음을 따라 세상의 어떤 압력에도 굴하지 않는 새로운 피조물이 되어 제자 된 자로서 주님의 명령을 따라 살아가면서 땅의 것보다 위의 것을 더욱 사모하는 자가 되어야겠습니다.

겉옷은 육신을 따뜻하게 하지만 성령님이 내 안에 계시면 나의 못된 탐욕과 교만과 악한 습관까지도 변화시켜 주십니다.

겉옷은 육신을 따뜻하게 하지! 내 안에 계시고 나의 못된 탐욕 습관 까지도 변화시켜주십니다

성령의 능력으로 우리의 악을 제거시키시고 나를 성공으로 이끌어 주시는 사랑의 주님을 바라보며 매일매일 새롭게 주님의 뜻을 분별하며 나아가 신실한 주님의 제자가 되어야겠습니다.

쌀쌀한 5월의 마지막 자락의 늦은 봄비가 내 안에 있는 성령님과 함께 나의 마음을 은혜의 바다로 풍성하게 해 주심을 감사합니다.

27. 나의 하나님

이도숙

무성한 소나무 잎이 강렬한 태양을
가리워 내 얼굴을 보호하누나.
강렬한 태양은 가리워진 솔잎 사이에
따뜻한 미소로 나를 위로하누나.
병든 내 육신에 부으시는 과분한
하나님의 손길은 하얀 구름
솜털이누나.
나 주님 곁에 가도 부끄러움 없는
이 자연의 경건함을 잊지 않으리.

산책하며 하나님의 은혜를 느낀 어느 날

우서운 소나무 잎이 강렬한 태양을
가리워 내 얼굴을 보나가누나

강렬간 태양은 가리워긴 솔잎 사이에
따뜻한 미소로 나를 위로 하누나

병든 내육신에 부으시는 과분간
하나님 손길은 하얀구름
솜털이누나.

나 주님곁에 가든 부끄러움없는
이자연의 경건함도 잊지않으리

28. 클찬 꼬맹이

유치부 유아들의 사진이 내 스마트폰에 편집되어 있다.

꼬맹이들 얼굴을 보고 있으면 항암 주사의 힘든 시간 중에도 웃음이 나오고 마음이 맑아진다.

내가 그들을 돌볼 때 생각을 하며 그들과 행복했던 시간이 있으매 감사한다.

사랑을 먹으면 사랑이 나오고, 미움을 먹으면 미움을 뱉어내는 솔직한 그들의 마음이 나에게는 거울이 되었었다.

사랑을 먹으면 사랑이 나오 미움을 뱉어내는 솔직한 나에게는 거울이 되었어요

내가 돌보는 것이 아니고 그 아이들이 나를 위로하고 힘을 주었다.

지금은 지은 전도사가 너무 잘하고 있어서 바라만 보아도 기쁘고 생각하면 가슴이 뛴다.

나의 심장을 뛰게 하는 클찬의 꼬맹이들이 너무 이쁘다.

나를 향해 달려오면 마치 난 그들의 엄마이기도 한 것 같은 착각이 든다.

나를 향해 달려오면 이기도 한 것 같은 클찬의 꼬맹이들이 뿌리를 깊게 내려 이로워 질 때 기쁨과 소 바란다.

클찬의 꼬맹이들이 자라서 이곳에서 뿌리를 깊게 내려 이다음에 그들이 힘들어지고 외로워질 때 기쁨과 소망이 되는 시간들이 되기를 바란다.

난 그들을 위해 기도한다.

세상에 나아갈 때 두려워하는 자 되지 말고 세상을 이기는 자 되라고…

*나는 그들이 세상을 이겨
하나님이 각자에게 주신 목표를
기쁘게 하는자 되는 가슴 뜨거운*

나는 그들이 세상을 이겨 모두 승리하는 자 되어서 하나님이 각자에게 주신 목표를 이루어 하나님을 기쁘게 하는 자 되는 가슴 뜨거운 삶을 살기 원한다.

낙오되는 자 없기를 중보하고, 마음 상하는 자 없기를 바라며 클찬의 꼬맹이들이 힘차게 세상을 딛고 일어서 하나님의 사명을 이루는 자 모두 될 것을 믿는다.

사랑하는 클찬 꼬맹이들을 축복하소서.

29. 행복한 SNS

S. N. S. 소셜네트워크서비스.

SNS 사용으로 많은 교회와 사람들이 행복하기도 하고 빠른 소식과 정보로 시간을 절약하는 삶을 삽니다.

스마트폰과 인터넷에서 방대한 정보들이 쏟아져 나와 때로는 피해를 보고 아파하는 사람들도 있습니다.

나의 개인적인 생각은 기계화된 정보와의 상호작용은 연령대와 사용하는 자의 노련함에 따라 큰 차이를 발생할 수 있으므로 적절한 수위가 필요하다고 봅니다.

나는 아직도 스마트폰과 컴퓨터를 기본적인 정보검색과 문자소통의 상호작용밖에 다루지 못합니다.

그러나 이 세대가 필요하다면 적절하게 사용하고 직접적인 상호작용의 기회도 존재해야 한다고 봅니다.

글로벌 시대에 교회와 성도들의 교제가 너무 기계화되지 않고 사랑과 눈물의 교제가 함께 공존하기를 바라는 작은 나의 마음의 바램입니다.

세상의 세파 속에서 그 어떤 출구도 찾지 못하고 힘들어하는 자가 SNS를 통하여 교회의 창구를 찾을 수도 있습니다.

그러나 그들을 진실로 위로할 자는 SNS보다 따뜻한 온기를 느끼며 잡아주는 작은 손바닥이 아닌가 봅니다.

누군가의 손을 잡고 서로의 온기를 느끼며 그들의 눈동자를 바라볼 때 스며드는 마음의 정겨움은 손을 잡을 수 있는 거리에 서로가 있기 때문입니다.

오늘은 나의 옆에 누가 있는가 옆을 보며 뒤를 보며 고개를 돌릴 수 있는 여유를 가지고 살아간다면 바쁜 일상 속에서도 사람의 온기를 느끼며 또 SNS를 활용하여 행복함도 즐길 수 있는 보너스도 함께 누릴 것입니다.

그러나 우리 그리스도인은 어떤 매개체의 활용도 전능자의 주권 아래서 존재한다고 생각하고 그 그늘 아래서 활용해야 한다고 생각합니다.

하나님은 모든 것을 초월해서 우리가 이 세상에서 맛볼 수 없는 평안함을 누리게 해 주시기 때문입니다. 이 땅의 삶이 아무리 힘들지라도 전능자의 그늘 아래서는 고통이 변하여 희락이 됩니다.

사랑의 온기를 느끼며 전능자의 보호하심을 누리며 행복한 정보서비스를 사용할 수 있는 아름다운 크리스찬이 되기를 기대해 봅니다.

30. 은혜 안에 뛰놀며

습한 날씨가 계속되더니 다음 주부터 장마가 온다고 한다.

올해에는 작년보다 일찍 장마가 오려나 보다.

파란 하늘을 본 지가 일주일은 넘은 것 같다.

건강하지 못한 탓에 하나님이 주시는 기후에도 민감한 마음이 표현된다.

산책을 하다가 소나무 잎 하늘을 볼때 마지 그 기쁨을 느끼기도하니 그 진영도 잠시 있는다.

산책을 하다가 소나무 잎 사이로 푸른 바다 같은 하늘을 볼 때 마치 주님이 나를 반기며 찾는 듯한 기쁨을 느끼기도 하고 그 자유를 만끽하며 육신의 질병도 잠시 잊는다.

옛말에 바쁠수록 쉬어가라고 했는데 나는 너무 바빠서 쉬어간다는 생각조차 할 수 없었으니까 우리 하나님이 나를 쉬어가라고 이 시간을 허락하신 것 같다.

며칠 동안 산으로 산책 가는 것을 쉬었다.

비가 오고 날씨가 궂고 또 내가 게을러서 가지 못했다.

인간의 습성이 그런가 보다.

조금 몸이 괜찮으면 게으름을 피우게 되고 조금 힘들게 아파지면 아픈 몸을 끌고 가까운 산책길로 부지런히 향한다.

이런 간교한 사람의 마음을 우리 주님이 모를 리 없다.

주님은 너무나 잘 아시고 어떤 경우에도 나를 밀어내지 않으시고 동행해 주신다.

주님은 너무 사랑 아시고 매를
밀어내지 않으시고   동행해
주님의 동행을 의지하며 이
믿음이 있으니   예수를 믿으며
그렇게 손해 본 것만은 아니
하나님의 사랑을 더 많이 받고
느낄수 있으니 나의 질병은
받기 위한   인생의 반전이다

주님의 동행을 의지하며 아픈 가운데서도 평안을 얻을 수 있으니 예수를 믿으며 질병에 걸리는 것은 그렇게 손해 본 것만은 아니다.

하나님의 사랑을 더 많이 받고 또 그 사랑을 몸으로 느낄 수 있으니 나의 질병은 하나님의 사랑을 받기 위한 인생의 반전이다.

나를 사랑하시는 하나님이
항상 동행해 주시니
주님사랑하시는 공동체를

나를 사랑하시는 하나님이 나와의 산책길에서 항상 동행해 주시니 감사함의 표현으로 주님 사랑하시는 공동체를 위하여 기도합니다.

주님이 원하시는 기도를 하며 항상 은혜 안에 뛰노는 시간 속에서 행복하게 살아가렵니다.

31. 인간관계 회복을 어디서 찾나요!

사회에서 대인관계가 힘들수록 고통과 허망함을 느낀다.

교회 공동체에서도 마찬가지이다.

교회 공동체는 선한 공동체이기 때문에 모든 것이 해결되고 행복한 관계만 있을 것 같은데 그렇지 않다.

미움, 사랑, 고통, 행복 모두 뒤엉켜 뿌리를 내렸기 때문에 각자 가꾸어가는 책임에서 해결될 수 있다.

성공적인 인생은 나의 인간관계로 말결 수 있다 교회를 어떻게 성공적인 인생은 교회를 다녀서가 아니고 나의 인간관계를 어떻게 책임지고 살아가는가에 달려있다.

그러기 위해서는 나의 마음 깊은 곳에서 주님이 원하시는 진정한 화합의 마음에서 시작될 것이다.

이세상이 태어나 아무도 산다면 우리도 어떤 이유가 없다. 이 세상에 태어나 아무도 만나지 않고 혼자의 삶을 산다면 우리는 어떤 인간관계에도 엮어질 이유가 없다.

그러나 삶을 영유하기 위해서는 사람과 사람과의 관계가 있어야 하고, 또 뿌리를 내려가야 한다.

그 뿌리가 또 서로 엉켜서 확산을 해 나가고 깊이깊이 퍼진다.

때로는 사람과의 만남에서 상상하지 않았던 일도 생기고 또 그 일 가운데서 고통스러워한다. 인간관계가 확대되면 될수록 우리에게 더 큰 고통이 올 수도 있다.

성공하기 위해서 사람과의 관계를 맺고 가꾸어 나가는 데 필요악으로 존재하는 것이 고통이다.

부모 형제의 관계에서 벗어난 인간관계의 만남은 결코 행복과 안정만을 가져다주지 않는다.

사회의 일원으로 대인관계를 해야 하는데 부모와의 친밀한 관계에서 벗어나 훈련되지 않은 성품을 다져가는 시간이 필요하다.

세상은 나의 뜻만 들어주고,
나의 욕구가 100% 채워:
나에게만 관심가져 주지도

세상은 나의 말만 들어주지 않는다. 나의 욕구가 100% 채워지지도 않는다.

나에게만 관심 가져 주지도 않는다.

그러나 우리 믿는 자들에게는 그리스도의 끊을 수 없는 관계가 있기 때문에 회복될 수 있고 이겨낼 수 있다.

우리 마음 속 깊은 공허감과 절망을 우리 주님이 먼저 읽으시고 치료해 주시기 때문이다.

우리들의 인간관계를 무시로
아버지를 아빠아버지가 부를수있
행복한 사람이다.

우리들의 인간관계를 무시로 감찰하시는 주 여호와 아버지를 아빠 아버지라 부를 수 있는 자는 고통가운데서도 행복한 사람이다.

네잎클로버의 뜻은 행운이지만 세잎클로버의 뜻은 행복이다. 우리는 행운을 잡지는 못하지만 늘 행복한 가운데 살 수는 있다.

항상 눈만 돌리면 내 눈 안에 들어오는 세잎클로버처럼 우리 주님이 늘 곁에 있기 때문이다.

학창시절에 그렇게 찾으려
하나도 찾지 못했지만 행운과
예수 그리스도는 나의 생애

학창 시절에 그렇게 찾으려 했던 네잎클로버를 하나도 찾지 못했지만 행운 대신 찾아온 행복 예수 그리스도는 나의 생애 가장 큰 축복이다.

우리들의 회복은 여호와이레
미리 준비시켜주시는 하나님이십니다.

32. 위로자

아들의 부대에 가서 휴가 나오는 아들을 데려왔다.

남편이 혼자 가겠다는 것을 기어이 따라 나섰다.

어제 항암을 맞은 터라 몸이 쑤시고 아파서 차라리 차 타고 아들에게 가는 편이 몸이 더 편하겠다고 우겼다.

역시 내가 틀리지 않았다.

아들 부대 근처 산 공기를 차문을 열고 마시는데 대한민국 어떤 휴양림 공기가 이토록 맛있을까.

신선하다 못해 너무 맛있어서 눈이 저절로 감긴다.

이곳에 나의 아들이 있구나 생각하니 더욱 그곳에서 부는 바람과 향기가 나의 마음속 깊은 곳까지 진하게 스며드는 것을 나는 알고 있다.

아들이 나왔다.

너무 멋있어져 있었다.

역시 내가 늘 하는 말. 장동건보다 네가 더 잘생겼다.

이 멘트를 안 할 수 없었다.

오늘은 나의 머리가 몽땅 빠져버린 모습을 처음으로 보여주어야 하는데 걱정스러운 마음으로 가발을 살짝 들어 보여 "엄마 머리 좀 보렴." 조심스레 말했다.

너무 씩씩한 나의 아들의 대답은 간단했다.

"엄마, 머리는 다시 나잖아요."

나는 또다시 내가 위로받고 말았다.

권사님, 장로님, 집사님, 성도님 모두들 날 보고 위로해 주신다.

"가발이 멋있어요." "사모님 가발 안 쓴 것 같아요."

"예전 머리와 변함없어요."

그들은 이렇게 나를 위로하며 사랑을 표현해 주신다.

오늘 나의 아들도 성도님들과 마찬가지로 나를 위로해 주었다.

나는 오늘 나의 가발을 벗으면서 성도님과 아들의 사랑을 다시 느끼면서 하나님이 투병 중에서 나의 마음을 어루만지심을 느끼며 항암의 고통 5일을 기쁨으로 이겨낼 수 있을 것 같다.

때로는 뼈가 부러져 물려 나가는 것 같은 고통도 오지만 시간이 지나면 다시 제자리를 찾는다.

약이 몸에 듣고 있어서 주사를 맞을 수 있는 것도 행복인데 거기에 위로하는 자까지 많으니 이 행복의 갚아야 할 빚은 얼마인가요.

주님께 감사하며 더욱더욱 성도와 교회를 사랑하며 갚겠습니다.

5박 6일 아들의 휴가를 통하여 또 행복한 시간을 가지려고 합니다.

나에게 행복을 가져다주는 메신저는 아마도 우리 주님이겠죠.

아프다고 고통을 호소해야 할 시간에 행복하다고 부르짖는 나의

아프다는 고통을 호소해야 욱
부르짖는 나의 마음이 주님은
나누며 살겠습니다.

마음이 주님으로부터 오는 선물이
기에 나누며 살겠습니다.

나의 위로자 되시는 여호와 하나님

클찬의 성도님

사랑하는 나의 가족 모두 사랑합니다.

33. 2013 여름성경학교의 시작을 열며

2013 여름.

성경학교가 시작되었다.

분주한 모습으로 준비하며 왔다 갔다 하는 교사들의 어깨가 들썩들썩거린다.

아름답고도 아름답다.

나는 이 모습을 언제나 볼 수 있을 줄 알았는데 나의 육신에 질병이 찾아온 후에는 이번 해가 지나면 내년에 또 저들의 열정을 볼 수 있을까 생각하면서 가슴이 설레인다.

첫날부터 날씨가 도와준다.

파란 하늘에 바람까지 살랑거린다. 뜨거운 태양 사이로 살랑거리는 바람은 아마도 우리 주님이 기웃거리는 것 같다.

세상 사람들의 보기에는 보잘것없이 보일 수도 있겠지만 나의 눈에는 성경학교 구석구석 섬기는 자, 떠드는 아이, 돌아다니는 아이, 그들을 사랑해서 쫓아다니는 교사 이 모두가 보석같이 귀하고 귀하다.

이 귀한 사역 가운데 있는 사랑하는 주일학교 교사들에게 나는 너무나 감사한다.

내가 바라보는 위치에서 그들을 보며 내가 열정으로 품은 시절을 회상하며 나도 그 기쁨을 함께 느낀다.

사랑하는 클찬 교사들

존경하는 클찬 교사들

난 당신들을 잊을 수가 없습니다. 나의 아픔 가운데서도 꿋꿋하게 묵묵하게 그 자리를 여전히 지켜주는 그 모습 너무너무 사랑합니다.

내가 떠나야 할 것을 알았음에도 당신들은 흔들리지 않았습니다. 오히려 나에게 위로를 주었지요.

당신들의 위로로 나는 너무나 큰 힘을 얻었답니다.

2013 여름성경학교가 나에게 마지막 성경학교라고 해도 나는 행복합니다.

교사로 헌신하고 섬기는 당신들의 아름다움을 볼 수 있었기 때문이지요.

당신들의 뿌린 씨앗이 기적의 씨앗이 되어 훗날 크리스찬 다음세대들이 강한 영적 군사가 되어 있겠지요.

그 훗날을 회상하며 마음에 기쁨을 간직해 봅니다.

교회가 있어서 행복하고, 아이들이 있어서 가슴 뛰고, 그들을 양육하는 교사가 있으매 나의 영혼은 기뻐 춤을 춥니다.

우리의 과거들은 불순종의 얼룩이 있을지라도 지금 이 순간 주님이 쓰시고자 하는 대로 쓰임받는다면 주님이 원하시는 대로 사용된다면 우리들의 미래는 다음 세대들에게 행복하고 거룩한 군사가 되는 그리스도인들로 세상에 그리스도의 향기를 품어내겠지요.

지금 그리스도를 사랑하는 교사들로 인하여 아름다운 클찬의 다음

지금 그리스도를 사랑하는
아름다운 큰딸이 다음세대
도구로 쓰임받겠지요.

세대들이 행복한 구원의 도구로 쓰임받겠지요.

우리 아이들이 모두 주님의 부름 받은 강한 영적 군사로 세상에서 교회에서 승리하여 주님의 능력과 권능을 사모하는 자로, 또 그 능력을 소유하는 자로 무럭무럭 자라나기를 2013 여름성경학교의 시작을 통하여 이루어가기를 주님 앞에 간구하여 봅니다.

34. 나의 육신에서 소산을 얻을 수 있다면

육체의 고통이 올 때마다 이기지 못하는 육신의 마음과 이겨야 한다는 성령의 마음이 고통을 가늠하게 한다.

하늘에 소망을 두고 살아가는 클찬이면서 땅의 것에 소망을 두지 않는다고 매일매일 고백하면서 영원한 가치가 있는 천국의 삶을 살기로 최선을 다한다고 하면서도 때로는 그 행복을 만지지도 느끼지도 못할 때가 많다.

성령의 능력을 힘입어 세상을 이기면 행복한 천국의 삶을 누리다가도 세상에 휩쓸리어 궁핍해지면 다시 고통과 씨름한다.

다윗을 들어 쓰신 하나님은 완벽하지 않은 다윗을 알면서도 그를 위대하게 쓰셨다.

다윗의 삶으로 우리로 하여금 공감하게 하고 소망을 갖게 하기 위한 하나님의 위대한 뜻인 줄 안다.

나의 육신의 고통은 항상 절제의 마음을 주어서 좌절에서 건져주시고 마음의 갈등을 이겨내게 한다. 절제는 경건의 능력을 주며 나의 모든 일에 마음의 다툼을 사라지게 한다.

누구에게나 꿈이 있듯이 병중에 있는 나에게도 하나님은 꿈을 주서서 삶의 의미를 갖게 하시고 용기를 주신다.

　나의 육신에서 소산을 얻을 수 있다면 나는 그것을 아름답고 행복한 교회라고 감히 말한다.

내가 천국에서 내려다 볼 때 아름답고 행복한 모습을 보고 싶기 때문에 나의 육신의 고통에서 소산을 얻는다면 나는 주저 않고 주님 앞에 교회를 세우는 자들을 위해서 용기 내어 기도합니다.

　그리고 그들의 인생이 주님 안에서 값지고 아름답게 만들어져 가면서 인간에게 허락한 하나님의 은총을 받아 영원히 행복한 자 되기를 소원합니다.

35. 찬바람이 부는 어느 날 새벽

아직 낙엽이 우수수 떨어지지 않지만 흩날리는 낙엽이 내 몸을 스칠 때마다 아련한 추억들이 스쳐 지나가는 가을의 중턱입니다.

차가운 새벽, 문득 문을 열고 밖을 보니 성주산 기슭 얕은 곳에 커다란 소나무 밑 사이로 빨간 단풍나무 한 그루가 눈에 들어왔다.

주위를 덮고 있는 푸른 솔잎 사이에서 어찌 그리 빨갛게 물들어 숨어 있는지 나는 하나님의 신비로움과 그 단풍의 아름다움에 넋을 잃고 말았다.

울긋불긋 붉은 산 단풍도 절경이겠지만 나처럼 곤고하고 외로와서 투병이 힘들어서 문득 바라본 사람에게는 그 어떤 가을 단풍보다 멋있는 신이 주신 선물이었습니다.

높지 않지만 파란 하늘과 맞닿은 산능선을 바라보며 우리들 마음의 욕심이 어디서부터 출발을 했을까 생각해 보게 됩니다.

우리 크리스찬은 항상 믿음의 원점으로 돌아가라고 말합니다.

그 원점은 하나님이 말씀으로 이 세상을 창조하심입니다.

우리는 끊임없이 출발점으로 돌아가 새롭게 시작하는 겁니다. 새로운 출발을 위해 우리 주님이 우리에게 어린아이와 같은 마음을 주셨으니 아빠 아버지를 늘 찾으며 경배하며 찬양하고 싶습니다.

나의 아버지 되신 주 예수 그리스도께서 오늘도 나에게 변함없이 찾아오셔서 단풍나무의 기쁨도 주시고 외로워 지친 병든 자의 영혼도 위로하라고 명령하십니다.

나는 하나님의 명령이 달콤합니다. 주님은, 명령은 왜 그리 포근한지요. 사랑의 주님 명령에 순종하여 오늘도 기쁜 날로 살아갈 수 있도록 지켜주심에 너무 감사합니다.

저는 순진무구한 어린아이에요. 주님의 소리가 들리면 무조건 걸어가서 듣고 주께서 원하는 대로 가려 합니다.

세상을 창조하셔서 그곳에서 나를 불러주셨고 또 우리 교회를 불러주신 하나님 그 하나님의 원대한 사랑을 오늘도 나는 바라보며 만지며 기뻐하면서 무릎 꿇어 경배합니다.

아빠 아버지, 나의 아버지. 오늘도 나의 그늘이 되어주셔서 감사합니다.

아직은 새벽바람이 너무 차서 문을 닫고 기도하렵니다.

36. 나를 택하여 기도하게 하신 하나님

임상 실험을 하자고 의사가 권했다.

하기로 하고 항암을 중단했다.

두 달 정도 되어가니까 기침이 나고 목이 너무 힘이 들었다.

그 와중에 조직 검사를 했다.

너무 힘들게 임상을 결정했고 또 하나님 뜻을 바라본 터라 힘들어도 주님께 맡기고 모든 절차를 마쳤는데 미국에서 조직이 맞지 않으니 임상을 할 수 없다는 결론이 내려졌다.

그런데 내가 비소세포 암에서 소세포 폐암으로 바뀌었으니 치료방법이 달라져야 한다고 의사선생님이 빨리 치료를 하자고 하셨다.

하나님의 뜻이 어디에 있는지 나는 알지 못하지만 나의 병이 되어져가는 모든 과정은 하나님의 뜻이라 믿고 따라간다.

사람이 할 수 있는 한계를 넘어 본 사람만이 느낄 수 있는 감정이기도 하다.

말과 정신이 아니고 몸과 영이 같이 따라가는 느낌.

과연 이 느낌을 느끼며 살아가는 자가 얼마나 될까.

지금 이곳은 성주산 휴양림이다.

항암을 급하게 맞고 너무 힘이 들어서 잠시 쉬러온 곳이다.

세상 사람은 단풍놀이에 한창인 이 계절에 나는 내 몸에 암세포를 진정시키기 위해 이곳을 찾았다.

이곳은 단풍이 유명한 산이 아니라 단풍놀이 온 사람은 거의 없다.

*쓸쓸한 돌길 산길에는 쌀랑한 들길, 산길에는 가끔 등산
웃음소리가 이산을 즐겁게 해* 객들의 떠드는 웃음소리가 이 산

을 즐겁게 해준다.

여름 행각철에 많은 사람들이 흐르는 냇가를 즐기러 다녀 간 흔적
들이 여기저기 있다.

음식점, 평상, 매점, 맑은 계곡물 소리.

그러나 지금은 언제 무엇이 왔다 갔을까 생각할 정도로 적막하고
고요하다. 여전히 계곡물은 맑고 청아하게 흐른다.

이곳에 사는 사람들은 농사도 없기 때문에 거의 바깥출입이 없다.
사람을 만나기도 어렵다.

나도 이곳에 묵으면서 하나님이 주신 자연 편백나무 숲도 가고 냇
가도 거닐고, 뒷동산도 산책한다.

특히 동네 어귀를 나가 걸어 다니면서 느낀 것은 다른 시골 동네하
고는 느낌이 사뭇 다르다.

이곳 사람들은 표정이 없다. 여름장사에 너무 지친 탓일까. 아니면
먹고사는 일이 힘이 들어서인가. 이곳은 교회도 없다.

사람들은 지쳐 보이고, 십자가는 보이지 않고, 관광지로 붐비다가
빠져나가니까 교회를 다닐 수 있는 인구가 적은 모양이다.

신앙을 가진 사람은 주일이면 시내에 있는 교회로 나가는 것 같다.

나의 추측이지만… 이곳은 부여가 가깝고 많은 우상들이 들끓던
지역이다. 지금도 어디를 가든 이 동네는 우상의 흔적들이 있다.

예전에는 석탄을 캐면서 이곳 주민들은 부를 누리며 살았다고 한
다. 지나가는 강아지도 만 원짜리 입에 물고 다녔다고 동네 아주머니

께서 농담을 하셨다.

며칠 안 되었지만 나는 몸 일부는 이곳 사람이 되어버렸다.

빨리 적응하고, 빨리 편해지고 싶어서이기도 하다.

나는 몸이 아파도 나를 사랑하는 자들의 기도 소리를 들으며 이겨낼 수 있는 세포를 매일매일 만든다.

하나님이 우리 교회를 사랑하셔서 또 나를 사랑하셔서 나에게는 특별히 중보기도를 약으로 처방해 주셔서 중보 기도의 힘으로 남보다 특별한 치료를 받고 있다.

그래서 나는 속으로 슬픔을 껴안지 않고 나를 위해서 기도하며 울고 있는 많은 사람들을 향해 사랑하며 외로움과 슬픔을 나눌 것이다.

우리는 모두 같이 목마르고 같은 샘의 물을 먹으니까 목마르지 않는 기쁨을 함께 누립니다.

그래서 나는 사랑하는 나의 중보기도자들을 위하여 그들의 자녀와 가정을 위하여 오늘도 쉬지 않고 기도합니다. 하나님이 내게 주신 사랑법으로 나는 나를 사랑하고 나의 가족을 사랑하고 나의 중보기도자들을 사랑합니다.

나의 생명을 연장시켜주신 하나님께 감사하며 나를 위해 끊임없이 기도해주시는 클찬의 성도님들께 언제나 감사하며 살아갑니다.

클찬의 성도님들 감사합니다.

37. 보이지 않는 세상 그곳에는…

무수히 빽빽하게 우거진 편백나무 숲을 발견했다.

공원으로 가꾸어 놓지 않은 산이라 길은 있지만 사람이 다니지 않아 자연 그대로 하나님이 주신 양분으로 무성하게 자라 있다.

내가 이곳에 온 이유는 편백나무가 암환자에게 좋다고 하니까 편백나무 숲 산책을 하기 위함이다.

성주산 휴양림으로 가꾸어 놓은 곳과 이곳 가꾸지 않은 곳이 있는데 나는 자연 그대로 이곳이 좋다. 비록 깨끗하지도 벤치도 하나 없는 이곳. 나는 여기에 돗자리를 깔고 앉아 하늘을 쳐다본다.

거칠은 나뭇잎 사이로 보이는 하늘이 너무나 아름답고 그곳이 마치 나의 소망의 출구 같은 희열도 느낀다.

너희 마음의 눈을 밝히사 그의 부름심의 소망이 무엇이며 성도 안에서 그 기업의 영광의 풍성함이 무엇이며(엡 1:18)

우리는 눈에 보이는 것이 다가 아닙니다. 내가 지금 열어보고 있는 마음의 눈으로 세상을 볼 때 세상에서 보이지 않는 것들이 보입니다.

나의 마음의 눈이 감겨 있을 때의 세상을 회상하며 지금 뜨고 있고, 보고 있고, 느끼고 있는 감정들을 하나님 앞에 소망으로 드리고 싶습니다.

나를 부르셔서 부르심의 소망을 주셨고 이제 내가 그것을 깨달아 다시 주님께 맡기고 있지요.

세상 흘러가는 대로 살아야지 하다가 문득 눈을 떴을 때 너무 늦어 있다면, 너무 잃은 것이 많다면 얼마나 억울하고 슬프겠어요.

이 땅에서 살아야하는 이유, 살아가는 이유는 그 부르심의 소망의 뜻을 깨닫는 것입니다.

하나님께서 보이지 않는 세상을 나에게 보여 주시어 그것을 풍성하게 하라고 명하셨으니 나는 지금 나의 병을 치유하는 이 시간에 더욱더 귀한 하나님의 뜻을 바라보며 투병합니다.

내가 병실에 있던지, 휴양림에 있던지, 내 집 거실에 있던지, 교회에 있던지 하나님은 내가 마음의 문을 열고, 보고 있다는 사실을 아시고 함께하시고 계십니다.

나를 사랑하는 모든 자들도 그저 흘러가는 대로 살지 않고 주님의 부르심의 소망을 가지고 주님이 열어주시는 마음의 눈으로 세상을 바라보기를 오늘 기도해봅니다.

나는 우리 사랑하는 성도들이 사람을 사랑하려 할 때 내가 하지 아니하고 우리 주님이 하게 해 주신다는 것을 항상 기억하며 마음을 열어 날마다 행복한 부르심의 소망을 따라 아버지께 보이지 않는 세상을 볼 수 있는 지혜와 영을 달라고 기도하는 자 됐으면 좋겠습니다.

내가 그들을 위해 먼저 나아감과 같이 그들도 누군가를 위해 나아갈 때 반드시 하나님께서 부르심의 소망을 깨닫게 해 주실 줄 믿습니다.

오늘 나의 믿음이 엡 1:18절 말씀처럼 보이지 않는 기업의 풍성함의 복을 받아 누리고 나의 가족과 우리 성도들도 모두 누리기를 하나님 앞에 간구해 봅니다.

그 이유는 그리스도 안에서 우리는 이 땅에서도 잘 살아야 되기 때문입니다.

정말 사랑합니다. 나의 가족, 나의 성도님.

38. 나의 편견 이제 깨달아 감사합니다

나는 서향 햇빛이 집 안에 드리운 것을 별로 좋아하지 않는다.

아침에 밝고 힘찬 태양이 거실에 드리워야 하나님의 창조의 원리와 뜻이 느껴지기 때문이다.

그래서 늘 집을 사거나 세를 얻을 때 "저는 서향 집은 싫어요." 자신 있게 말하곤 했다.

서향 아파트에 살아본 경험이 있는데 항상 몸에 진취력이 없었다.

"그것이 뭐 중요하냐." 사람들은 말했지만 나에게는 참 중요했다.

오늘 나는 강력하고 따뜻한 서향 빛을 온몸에 받으며 글을 쓰고 있다.

내가 생각한 서향 태양의 편견을 깨고 나는 그 빛을 감사하며 내 등에서 쓸어내리는 따스함에 행복해하고 있다.

만약 내가 아프지 않았다면 나는 죽을 때까지 서향 태양이 방에 비추는 것을 싫어했을지도 모른다.

그러나 오늘 나는 그 지독한 편견을 깨고 서향 태양 빛을 기다렸다. 세시 반이 넘으면 따스한 빛이 강렬해지면서 2~3시간을 나에게 따스함을 누리게 해준다.

등이 따뜻하면 나의 몸의 모든 기능이 원활해지는 것 같다.

햇빛을 별로 좋아하지 않던 내가 병을 앓으면서는 햇빛만 찾아다

닌다. 이곳 성주산의 서향 태양은 어디서도 느껴 볼 수 없는 따스함이 있다.

소나무 사이사이로 빛이 강렬하게 비추인다.

그 빛을 바라보면 마치 나의 눈과 마음을 소독시켜 주는 듯 나의 병든 육신 깊은 곳까지 파고든다.

문득 주님이 주신 태양까지도 그 강렬하고 장엄한 자연까지도 나의 편견으로 주무르고 판단한 나의 마음을 되돌아보며 지구 저편 너머 아프리카 작은 아이들이 떠올랐다.

뜨거운 더위에 몸이 짓무르고 또 뜨거운 태양 아래서 무수한 질병과 싸우는 아기들, 그래도 그 생명을 유지하려 애를 쓰는 모성.

생명의 주관자는 우리 하나님이시기 때문에 하나님은 많은 사람을 그곳에 보내고 또 가게 하셔서 하나님의 사역을 이루어 가신다.

파리가 달라붙어 썩어서 욕창이 나는 아기들을 TV로 보지만 나는 그곳에 갈 수 있는 용기 있는 자가 못 된다.

그런데 오늘 서향 햇빛을 바라보며 그들이 생각났고, 그들을 위해 기도했고, 나 대신 많은 자를 보내어 그곳이 치유되기를 간절히 바랬다.

누군가에 의해서가 아니고 저절로 그들을 위해 기도할 수 있는 지금 이 마음도 나에게는 병이 주는 선물입니다.

나는 내가 아파서 깨닫는 것이 너무나 많다.

이 많은 것들을 내가 사랑하는 자들과 나누고 싶고, 같이 실천하고 싶고, 같이 누리고 싶다.

나의 편견을 깬 서향 빛도 같이 누리고 싶다.

나를 사랑하는 모든 이들과 함께.

39. 아들이 결혼을 했다

군에서 제대한 아들이 정신없이 보름 만에 결혼을 했다.

물론 하나님이 짝지어준 신부와 미리 준비는 했지만 나의 병고로 빨리 결혼 날짜를 잡은 것이다.

하나님이 주신 신부와 교회에서 아름다운 결혼식을 하고 신부집 미국으로 신혼여행을 떠났다.

내 마음은 아직 아들의 결혼이 실감나지 않는다.

마치 휴가를 나왔다가 부대로 복귀한 느낌이다.

이제 내 아들은 아브라함처럼 친척과 본토 아비의 집을 떠나 자신들의 삶을 살아갈 것이다.

그들이 살아가는 발자취마다 순례자의 노래가 울려 퍼지기를 나는 이 시간 기도한다.

이제 내 아들은 아브라함같이 집을 떠나 자신들의 삶 그들이 속해가는 발자취마다 되기는 나도 이어가고 그리고 나는 그들이 결혼 하나님의 안에서 인생을 θ의 위대하심을 깨닫는 기대해 본—

그리고 나는 그들이 결혼의 축복을 통하여 더욱더 하나님의 관점에서 인생을 바라보고 문제를 해결하면서 하나님의 위대하심을 깨닫는 풍족한 삶을 살 것을 기대해 본다.

내가 축복의 개념을 하나님 안에 두고 살아왔음에 후회하지 않았듯이 그들 역시 자신들의 축복이 하나

내가 축복의 개념을 하나님 축하하리 않았듯이 그들 하나님 안에 있다는 것을 축복을 통하며 마음껏 확신한다

님 안에 있다는 것을 행복으로 알고 많은 축복을 표현하며 아름답게 살아갈 것을 나는 확신한다.

사랑하는 나의 딸 세라, 사랑하는 나의 아들 치헌아.

너희들은 하나님이 영원히 지켜주실 것이고, 너희들의 가는 길에 어려움이 있을지라도 하나님의 따뜻한 사랑과 지혜가 너희를 위로해 주실 거야.

너희들의 가슴 벅찬 앞날의 시작에서 나는 벌써 마음이 설레인다. 미래 너희들이 교회와 하나님을 사랑하면서 많은 주의 일을 할 것을 상상해 보기 때문이란다.

오늘은 신혼여행에 잘 도착했다는 아들의 전화를 받았다.

돌아와서 그들이 해야 할 일들은 우리 주님께서 인도해 주실 줄 믿고 나는 오늘 평안한 마음으로 산책을 했다.

투병 중에도 나를 기쁘게 해주는 작은 기적들이 날마다 일어나 나의 삶을 새롭게 한다.

전도팀 전도하는 모습에도 기뻤고, 주일학교 아이들의 행복한 웃음소리에도 기뻤고, 우리 아들 결혼식에도 기뻤다.

사랑하는 자와 기쁨을 나누며 사는 것이 가장 큰 기적이고 행복이라는 것을 깊이깊이 느끼는 것 역시 큰 기적이다.

오늘 석양 하늘에 느리게 움직이는 평화로운 구름뭉치를 따라가며 산책을 마무리한다.

나의 마음은 한없이 평화롭다.

♪ ♪ ♪ 평화 평화로다 하늘 위에서 내려오네

그 사랑의 물결이 영원토록 내 영혼을 덮으소서 ♫

40. 복음을 선포하렵니다

하나님이 나에게 병을 주심은 분쟁을 주려 한 것이 아니고 나를 너무 사랑하셔서 내 눈이 너무 밝아져 하나님을 잘 볼 수 있도록 나에게 주신 축복입니다.

누구든지 하나님께 가고 먼저가는 이에게도 언제가 나에게도 질병이란 사건을 들 새롭게 하나님을 이해하는 사

누구든지 하나님께 가게 돼있는 것은 정해진 사실이다.

먼저 가는 이에게는 먼저 가게 하는 하나님 뜻이 있는 것이다.

나에게도 질병이란 사건을 통해서 하나님께서는 더욱 새롭게 하나님을 이해하고 사랑하고 신뢰하라는 인도하심이다.

또 나의 질병은 육체의 쇠약함과 죽음의 흑암 앞에서도 담대하게 주님의 사랑과 능력을 선포하여 하나님의 광채를 밝히며 살아가라는 주님의 명령입니다.

나에게 베풀어 주신 구원의 은혜를 구원을 모르고 고난당하는 자에게 나누어 베풀라는 하나님의 귀한 뜻으로 나의 눈을 밝아지게 하신 것입니다.

복음을 알면서도 확신이 없 자, 그들의 암흑은 깨 생명을 연장시키면서

복음을 알면서도 확신이 없는 자, 복음을 알지 못하고 살아가는 자, 그들의 암흑을 깨우기 위해 하나님이 나의 작은 생명을 연장시키면서 사용하셨습니다.

많은 자에게 구원의 은혜를 베풀고자 하는 예수님의 귀한 사역에 나를 사용해 주신 것입니다.

예수님은 불가능을 가능케 하시 (손글씨: 예수님은 불가능을 가능케 하시, 복음은 밤과 같이 어둠의 마음, 밝아오게 하는 능력입니다) 는 능력자이십니다.

복음은 밤과 같이 어둠의 마음을 가진 사람들에게 영적 낮이 밝아오게 하는 능력입니다.

이 귀한 예수님의 사역에 저를 사용하여 주심을 감사하며 오늘 나에게 거저 주신 신선한 산소를 마음껏 마시며 복음을 선포하려 합니다.

41. 남편의 수고

오월에 이사를 와서 미완성된 집을 마무리하느라 여름이 가고 가을이 다 지나갔다.

그동안 남편은 나를 편하게 지내게 하려는 일념으로 너무나 많은 수고를 했다.

나는 그 수고의 보답으로 열심히 산책을 가고, 운동을 하고, 또 밥을 열심히 챙겨 먹었다.

우리 가족의 바뀐 패턴이 아직은 익숙지 않다.

주부가 밥을 하고, 살림을 하고, 장을 보고 해야 하는데 우리 집은 이제 그 생활의 패턴은 없다.

각자 있을 때 열심히 챙겨먹고, 또 나를 챙겨 주어야 한다.

그러나 나는 아직은 가족의 손길이 그다지 필요치는 않다.

하나님이 주신 축복으로 산책하고 식사하는 데는 큰 무리가 없기 때문이다.

올해에는 계절의 바뀜이 무척이나 길었던 해인 것 같다.

여름 내내 뜨거운 태양 볕에 집 안 공사가 번잡했고, 가을에는 겨울 준비 공사로 또 분주했다.

이곳에 와서 여름, 가을, 겨울을 처음 맞는다.

내년 봄에는 또 어떤 계절의 선물이 있을까 생각해 본다.

내년 봄에는 또 여전 겨울이 소
내년에 봄에 건강한 모습으로
여러가지 생각들을 하면서 소
쬐고 산책 노크르고
그러나 나의 마음의 중심으
부흥이 꼭 이루어 지기를 기대한

내년 봄에 건강한 모습으로 이 집에
서 지낼 수 있을까 여러 가지 생각들을
하면서 산책도 하고 햇빛도 많이 쬐려
고 노력한다.

그러나 나의 마음의 중심은 2015년에 교회의 계획된 부흥이 꼭 이
루어지기를 기대한다.

투병 중에도 계속 기도해왔던 제목이기 때문에 더욱 기대되고 꼭
이루어질 줄 믿는다.

아프면서도 무엇인가 기대하
것을 기쁨으로 누릴수있
투병중에 주님이 주신선물
나와 같이 같은곳을 보며
많아서 나는 오늘도 행복
같은 곳을 보면서 함께
성도님들 너무너무 고맙고
사랑합니다

아프면서도 무엇인가 기대하고, 간
구하고, 소망한다는 것을 기쁨으로 누
릴 수 있으니 이 또한 나의 투병 중에
주님이 주신 선물이다.

나와 같이 같은 곳을 보면서 가주는
자들이 많아서 나는 오늘도 행복하다.

같은 곳을 보면서 함께 해 주시는 우리 클찬 성도님들 너무너무 고
맙고 감사합니다.

사랑합니다.

42. 새 하늘과 새 땅은 꼭 있습니다

12月 30日 병원을 가는 날이라 병원에 갔다.

의사는 약이 없으니 항암주사를 중단을 하자고 권했다.

우리 가족은 지금 맞는 약을 한 번 더 맞겠다고 주장해서 우리 의사대로 주사를 맞고 왔다.

지금까지 치료해 온 과정이 멀고 험했지만 하나님이 지켜주심에 지금까지 올 수 있었다.

그래도 4년을 생명을 연장시켜 주시고 우리 성도님들 기도에 응답하셔서 여기까지 온 것이다.

그래서 나는 2015년 우리 클찬의 비전에 참여해서 우리 교회가 탄탄히 서는 모습을 보고 싶다.

성도들과 함께 새로운 도전을 한다는 것은 무척이나 마음 설레는 일이고 에너지가 넘친다.

동탄2기신도시 입주와 SK아파트 2,000세대 입주는 나에게는 몇 년 동안 기도를 해 왔기 때문에 꼭 동참하고 싶고 또 그 열매를 보면서 감사하고 기뻐하고 싶다.

성도들에게 육신으로는 큰 도움을 줄 수 없지만 무시로 기도하며 그들이 하나님의 일에 나와 같은 마음으로 행복하게 동참하게 해 달라 간구한다.

나의 투병 앞날의 어떤 모른다. 오직 우리 하나님께 순종하려한다.

~~해피~~ 어려운일이 있어도 산다 싶다.

　　나의 투병 앞날에 어떤 일이 일어날지 우리는 아무도 모른다.

　　오직 우리 하나님께서 원하시는 뜻을 따라 순종하려 한다.

　　어떠한 일이 있어도 하나님의 은혜에 감사하며 살고 싶다.

　　이제 2014년을 모두 보내고 새로운 2015년에는 행복한 가정과 교회를 또다시 만들어 가야겠다.

　　하나님의 뜻대로 이루는 가정으로⋯

　　나의 가족들이 행복해하는 한 해를 보내는 모습들을 보면서 나도 오늘 미소 짓는다.

43. 새해 첫날

새해가 밝았다.

TV에서는 해돋이를 보러 온 사람들의 모습을 방송하느라 이곳저곳 분주하다.

우리 집도 올 새해에는 식구가 1명 늘었다.

세라랑 같이 새해를 맞았 세라와 같이 새해를 맞았다.

시집와서 처음 새해라 *상로 차려주는 덕분에* 시집와서 처음 새해라고 음식을 여러 가지 장만해서 상을 차려주는 덕분에 아픈 가운데서도 행복했다.

썰렁한 새해 아침이 될 뻔했는데 며느리 덕분에 맛있는 밥상에 또 동생 부부까지 왔으니 무척 행복하고 기분 좋았다.

세라는 항상 나의 몸을 걱정하고 나에게 신경을 많이 쓴다.

하나님이 이렇게 이쁘고 착한 며느리를 나에게 주셔서 며느리에게 호강 받는 내 마음이 행복하다.

기도해서 얻은 나의 며느리 *나의 딸이다.* *아들만 둘이라 딸 재롱도 못* *우리 집에 와서 톡톡히* 기도하며 얻은 나의 며느리 세라는 며느리가 아니고 나의 딸이다.

아들만 둘이라 딸 재롱도 못 봤는데 세라가 우리 집에 와서 톡톡히 딸 노릇한다.

생각이 깊고, 말을 조심해서 하고, 예의도 바르고, 경우도 밝아서 같이 어디를 가도 나는 세라가 자랑스럽다.

우리 아들과 함께 주의 일에 동참하고, 격려하고, 협력하는 모습을

우리 아들와 함께 주의 열애
했으면하는 오늘 ...... 보니
미래가 너무나 기대가되다
나의 아들 열에서 ...... 동반자,
나는 연심히 기도 해줄 그들

보면서 앞으로 그들의 미래가 너무나 기대가 된다.

나의 아들 옆에서 평생을 같이할 세라를 위해 나는 열심히 기도해 그들의 동반자가 되려 한다.

새롭게 한 해를 시작하면서 내 자녀들이 주의 영으로 찬양하며 행복했으면 좋겠다.

나는 나의 남편과 함께하는 시간 끝까지 행복을 누리며 살겠습니다.

44. 여행

우리는 살면서 많은 사람들과 수많은 대화를 나누며 살아간다.

나의 주장이 옳다고 끝까지 주장하다가 상대의 말은 모두 거짓말이고 위선이라고 나의 머리속에 믿게 된다.

크리스찬이라면 누구나 동정녀 마리아에게서 예수가 태어났다고 믿는다.

누구도 자기의 주장을 고집하거나 아니라고 말하지 않는다.

세상 속에서 살면서도 우리는 조금은 나의 주장을 포기하기도 하고 때로는 져주기도 한다면 나와 대화하는 자들이 평안한 마음과 더불어 위로를 받을 수 있을 것 같다.

우리는 모두 목적지가 같은 여행을 한다.

어떤 자의 여행은 짧은 여행이 되기도 하고 어떤 자의 여행은 곤고하고 힘들면서도 긴 여행을 합니다.

나의 여행도 이제는 목적지를 향하여 다가가고 있습니다.

여행의 여정을 되돌아보면서 앞으로 갈 수 있는 시간이 나에게 허락됨을 감사하며 살아갑니다.

어떤 이는 작별의 시간도 없이 급한 여행을 마무리합니다.

세상의 모든 이들이 예수를 믿는 것은 아니지만 죽음이란 여행의 목적지는 같습니다.

예수를 믿고 사는 삶이 얼마나 값지고 행복한 일인지 우리는 알아야 합니다.

나의 가족보다 예수님은 더 맺었다는 것을 기억해야 합니다. 그러나 여행은 어떤 고난 여행이 될 것입니다.

나의 가족보다 예수님은 더 오래전에 나와 관계를 맺었다는 것을 기억해야 합니다.

그런 자의 여행은 어떤 고난이 와도, 환란이 와도 행복한 여행이 될 것입니다.

하나님의 영광을 체험하며 살아가다가 때로는 감격의 눈물, 은혜의 눈물도 흘립니다.

지금 나에게도 하나님 기쁜 시절 순간순간을 기억하게!

지금 나에게도 하나님은 기쁜 일만 기억하게 하시고, 은혜의 시절 순간순간을 기억하게 합니다.

어떤 자도 빼앗아 갈 수 없는 것들을 간직하며 앞으로 남은 여행의 시간들을 나와 함께하는 자들과 아름다운 대화를 하며 같은 은혜를 나누며 살아가려 합니다.

45. 깨끗한 마음으로 하나님께 영광 드리라

아들 부부가 와서 점심을 차렸다.

육신도 음식을 먹어야 기운을 차리고 또 즐거움을 누린다.

그런데 그 먹고 마시는 것을 무의미하게 넘기지 않고 먹고 마실 때마다 하나님이 영광을 생각한다면 얼마나 기쁜 날들을 살 수 있을까 생각해 본다.

나의 자녀들이 살아가면서 어떤 고난과 환란이 와도 진정으로 먹고 마실 때마다 하나님의 영광을 기억하고 잊지 않았으면 좋겠다.

지금은 전도사로서 열정을 가지고 오직 하나님만 바라보고 열심히 나아가지만 그들에게 앞으로 어떤 시험과 유혹이 나타날지 우리는 아무도 모른다.

노아 홍수에서 노아는 방주를 순종하며 지으면서 그 긴 시간을 통하여 더욱더 하나님에 대한 신뢰가 깊어졌을 것이다.

결국 땅이 터지고 하늘이 열리고 비가 억수같이 내릴 때 노아의 가족들은 살아남았다.

나는 나의 자녀에게도 하나님이 어떤 방법으로 명령하든지 노아처럼 순종하며 하나님께 깊은 신뢰와 믿음을 드리는 은혜를 가지기를 원한다.

127

성공하고 좋을 때만 하나님께 영광 돌리는 것이 아니고 힘들고 어려울 때일수록 깨끗한 마음으로 하나님께 영광 돌릴 수 있었으면 좋겠다.

밥을 먹고 아들과 산책을 하면서 늘 그렇듯이 아들은 자신의 비전을 나에게 소개한다.

아들과의 대화는 나의 몸에 영양제를 주는 역할을 한다.

잠시라도 나의 몸이 소생되는 느낌이다.

하나님이라는 공통과제가 우리를 기쁘게 하는 것이다.

내가 같이 가주지 못하는 길에도 하나님께서는 항상 나의 자녀들과 함께하신다는 것을 늘 믿으니까 오늘도 기쁜 마음으로 산책할 수 있다.

46. 예배합니다

주일이 되면 크리스찬들은 누구나 예배를 드리러 각자 자기의 교회로 간다.

반복되는 예배에 우리는 습관적으로 가지는 않는지, 교회에 가는 시간이니까 때우기 식으로 가는 것은 아닌지 한 번쯤 되돌아 생각해 보는 것도 신앙을 점검할 수 있는 기회이다.

무섭게 변해가는 사회에서 우리는 너무나 많은 세상의 유혹으로 주일을 어기고 또 마음에 근심하지도 않고 무디어질 때가 많다.

그러나 하나님은 우리를 기다려 주지 않는다.

하나님을 향한 진정한 예배를 드리지 않으면 우리는 언제 하나님을 떠날지, 죄악의 세상에 빠질지 아무도 모릅니다.

잠만 하나님의 음성을 머문다면. 나뿐만 아니라 비극은 맞이하고 말니다 그래서 주안에서 기쁨 세상에서의 마음이 아니고 예배를 드려야 합니다

정말 하나님의 음성을 들을 수 없는 곳으로 나의 육신이 머문다면 나뿐만 아니라 나의 자녀, 나의 가족 모두가 비극을 맞이하고 맙니다.

그래서 주 안에서 기쁨을 누리며 예배해야 하며 세상에서의 바쁨이 아니고 주 안에서 평안을 누리는 예배를 드려야 합니다.

나는 예배를 드릴 때마다 이 예배가 나에게는 마지막 예배일지도 모른다는 마음으로 항상 예배에 임합니다.

하루하루, 한 주 한 주 나의 몸이 반응하는 대로 나는 살아야 하기

때문에 나의 의지로 예배하기 힘듭니다.

어떤 날은 복받치는 기침, 가쁜 숨쉬기 때문에 찬양 한 소절도 할 수 없을 때가 있습니다.

그때는 다른 사람들에게 들키지 않으려고 마스크를 쓰고 눈으로 하나님을 찬양합니다. 목소리로 찬양할 수 없는 답답함에 가슴이 터지도록 슬프기도 합니다.

내가 건강했다면 도저히 느낄 수 없는 감정이고 전율입니다.

어떻게 찬양하던 나는 하나님을 사랑하는 마음으로 열정적으로 나의 모든 힘을 다합니다.

예배를 사모하며, 찬양하며, 말씀 들으며 나는 오늘도 살아서 하나님을 만나고 있구나 체험합니다.

찬양할 수 있는 건강을 허락한 날은 나의 생의 마지막이 오더라도 후회하지 않으리라는 마음으로 전심을 다해 손을 들고 하나님을 찬양하며 은혜를 받습니다.

밖에서 어떤 비바람이 몰아쳐도 내가 예배하는 곳은 나의 요새요, 피난처와 안식처인 것입니다.

지난날 도저히 느끼지 못했던 은혜를 마음껏 체험하며 누리는 것입니다.

사모이기 때문에 예배에 집중하지 못하고 다른 것에 신경 쓰며 그것이 하나님의 일이라고 나 자신에게 당당했던 지난날들이 얼마나 어리석었던가 저는 병든 몸을 일으켜 찬양하며 뼈저리게 느낍니다.

지금 몸이 건강하여 하나님을 찬양하고 예배하기에 부족함이 없는 사람들에게 나는 권면하고 싶습니다.

나의 몸을 정말 하나님께 산제사로 드릴 때 우리가 누리는 복은 상상할 수 없는 특별한 무엇이 꼭 있습니다.

나에게 고난과 핍박이 올 때도 하나님께 영광 돌릴 수 있고, 감사할 수 없는 환경이 닥쳐도 하나님께 감사할 수 있는 마음을 열어주는 것입니다.

그리고 아무리 무서운 천둥번개가 쳐도 하나님의 음성을 들을 수 있는 복을 누릴 수 있을 것입니다. 나는 늘 하나님의 음성을 들으며 예배하며 그 예배를 통하여 나의 육신이 살아 있음을 느끼며 살아갑니다.

나의 모든 일을 염려하지 않고 주님께 맡기며 죽음 앞에서도 겁내지 않는 믿음으로 주님 앞에 모든 것을 아뢰며 나아갑니다.

오늘도 나의 소망을 끊게 하지 않으시고 영원한 하나님의 처소를 사모하며 살게 하신 하나님을 찬양하며, 경배하며, 예배하게 하신 날을 허락하심을 진심으로 감사하며 하나님께 영광 올려드립니다.

47. 나의 시간

올 겨울은 생각보다 춥지 않게 지나가는 것 같다.

겨울을 어떻게 보내야 하나 많이 걱정했는데 벌써 1月 중순이 되었다.

겨울에도 하늘은 변함없이 파랗고 앙상한 가지 사이에 따스한 햇빛도 강렬하다.

모든 자연 만물이 하나님 안에서 돌아가고 있다. 계절이 바뀌고, 바람이 불고, 눈이 오고, 햇빛이 비추고 이 모든 자연의 원리 속에서 나의 몸도 하나님의 뜻에 의해 살아가고 있다.

내가 나의 몸을 근심하고 걱정했다면 나는 아마 벌써 천국에 있을 몸이다.

하나님께 맡기며 사는 하루하루가 나를 이곳에 더 머물며 살게 하신 것이다.

3년 반이란 시간을 하나님께서 생명을 연장시켜 주셔서 그동안 많은 교회의 크고 작은 일에 동참할 수 있었고 또 교회의 성장하는 모습도 볼 수 있었다.

3개월밖에 시간이 주어지지 않는다는 3년 전에 비하면 나는 정말 하나님께 감사드린다.

그러나 나의 사랑하는 성도들이 나와 함께 슬픈 일, 기쁜 일을 같이하길 원한다.

　그들이 원하는 시간들을 얼마나 하나님이 나에게 허락하실지는 모르지만 하나님이 허락한 시간 안에서 그들과 함께 행복을 누리고 싶다. 그리고 나중에도 그들이 행복해하며 신앙생활 할 수 있도록 기도한다.

투병 중 하나님이 나에게 준 시간들이 결코 병의 치료에만 보낸 것은 절대 아니다.

그 시간 동안 많은 축복이 있었고, 기쁨이 있었고 또 무엇보다도 교회가 성숙되어 감을 보고 느꼈으니 투병하는 시간이 나에게 나의 일생에 너무나 귀한 한 부분이 된 것이다.

　우리 모두는 시간의 흐름 속에서 정체성도 찾아가고 인생의 굴곡도 체험하며 각자각자 자신의 일생을 만든다.

나의 인생도 그 대열에 끼어가는 한 사람일 뿐이다.

건강이 좋지는 않아도 나를 사랑하는 자들이 있고 나를 위해 기도하는 자들이 있으므로 나는 행복하다.

　올해에 나는 특별한 기도제목이 있다.

　새로 입주하는 아파트 전도에 우리 아들들이 꼭 동참해서 전도의 열매의 기쁨을 누리며 그 기쁨을 평생 간직하며 그들의 사역에 어려움이 와도 헤쳐 나가는 밑거름이 되기를 바라는 거다.

　물론 그들이 성도들과 함께 그 기쁨을 누릴 것이다.

　교회 공동체를 누구보다 사랑하고 아끼는 믿음이 그들에게 있기에 나는 올해 나의 기도제목이 꼭 이루어지기를 확신한다.

　　되어질 열매에 기뻐하며 미래를 바라볼 때 더욱 기도에 힘이 난다.

　　올해 우리 크리스찬교회가 영혼의 부흥이 강렬하게 일어나 예배하는 모습을 나의 마음에 그리며 가슴 뛰는 하루하루를 살아가련다.

48. 나의 보석은 크리스찬교회입니다

우리는 흑암이 너무 짙어서 보화를 발견하지 못한다.

다이아몬드는 만들어지기까지 많은 과정을 거치면서 빛을 내게 되고 백화점과 보석상에 진열된다.

그 가운데 많은 원석들이 값어치 없는 것이 되기도 하고 아주 정교한 세공을 통하여 값비싼 다이아몬드가 완성되기도 한다.

우리가 흑암 속에서 보화를 발견하려면 견디어내야 하는 고통이 있다.

어렵고 힘든 고통속에서 하나님이 원하시는 보화는 또 누구에게나 똑같은 것 아니다.

어렵고 힘든 고통 속에서도 용기를 내어 견디어낸다면 하나님이 원하시는 보화를 발견할 수 있을 것이다.

누구에게나 똑같은 보화가 쥐어지는 것은 절대 아니다.

나는 오늘 이 글을 쓰면서 나의 주위에 사랑하는 자들이 지혜롭고 현명해서 흑암 속에서도 다이아몬드 같은 보화를 발견하기를 바란다.

감추인 보화를 찾아 하나님의 신비를 체험하고 은혜 가운데서도 진정 하나님이 원하시는 것을 알아 신앙생활을 하는 것이다.

우리는 하나님이 나를 선택하여 주신 것을 보화로 여기며 살아가야 한다.

얼마나 우리를 사랑하며 우리를 선택하며 귀하게 신앙생활을 한다면 진정 좋은 것이다.

얼마나 우리를 사랑하며 보배롭게 여기었으면 우리를 선택하여 주셨을까. 그 하나님께 감사하며 신앙생활을 한다면 진정 흑암 속에서 울지 않을 것이다.

나는 요한계시록에 열두 진주문을 가끔 상상하면서 하나님이 예비해 놓으신 천국을 사모하게 된다.

나의 부모에게도 보배로운 자식으로 여겨지며 살았지만 하나님이 나를 보배롭게 여겨 주신다는 것은 내가 천국 문을 열고 갈 때까지 영원하다는 것에 감사한다.

사랑하는 나의 크리스찬 성도님들이여.

자신의 자녀들에게 항상 보배로운 자라고 말하고 하나님이 보배롭게 여긴다고 말해 주기를 바란다.

그래서 그들이 흑암을 두려워하지 않고 용기 있는 자들이 되어 세상을 이겨 나가며 하나님을 경외하게 될 것이다.

하나님이 주신 것을 경히 여기지 않고 무시하지 않고 오로지 주님 뜻대로 겸손하게 살 수 있도록 그들의 앞날이 열려질 것이다.

우리 성도들은 모두 하나님의 보석이다.

내가 보석임을 알고 살아가는 자는 불행과 어두움이 닥쳐도 결코 불행하지 않고 행복할 것이다.

성도 한 분 한 분이 보석인 것처럼 그들이 모인 교회도 보석인 것이다.

하나님이 나에게 주신 보석은 크리스찬교회이다.

내가 이 세상에 있지 않아도 하나님이 나에게 주신 보석은 영원히 빛나고 예수님의 보배로움이 넘칠 것을 확신한다.

사랑하는 크리스찬 성도 여러분 모두는 예수님이 보배롭게 여기는 보석입니다.

하나님의 관심 속에서 자라고 성장하는 것입니다.

이 부요함을 우리에게 주신 예수님께 감사하며 오늘도 나에게 교만이 남아 있다면 주님의 은혜와 사랑으로 소멸되고 오직 주님이 보배롭게 여기는 자녀로 남게 하여 주세요.

49. 나의 집

역시 겨울은 춥다.

날씨가 풀려서 겨울 추위가 다 지나갔다 생각했는데 1月 한파가 와서 무척 춥다.

산책할 엄두도 못 내고 방 안에서만 있다 보니 아픈 곳이 더 아픈 것 같다.

몸에 근육이 너무 많이 줄어서 산책도 오래 할 수 없다.

겨울이 지나면서 나의 몸도 많이 쇠약해졌다.

그래도 병원에서 지내지 않고 집에서 지낼 수 있는 건강이 감사하다. 답답할 때 집 앞 마당에서 산을 보면 가슴이 시원하고 멀리 산책은 못 나가도 마당을 거닐다 보면 몸이 가벼워진다.

집이 도시에 있지 않고 이곳 산속에 있다 보니 언제라도 신선한 공기를 마실 수 있어서 혼자 있는 시간이 그리 답답하지는 않다.

맑은 하늘을 언제나 볼 수 있고 밤하늘에는 별이 반짝이는 것이 이곳이 나에게 주는 선물이다.

이곳에서 자녀들과 남편과 나에게 주어진 시간 안에서 행복하게 지내야겠다고 늘 생각하는데 나의 몸 컨디션이 좋지 않으면 나의 생각과 다르게 가족을 섭섭하게 하는 말을 하기도 한다.

그러나 나에게 가족이 있고 나를 위해 지은 집이 있고 또 조금 멀지만 교회를 집에서 다닐 수 있어서 좋다.

봄이 오면 마당에 꽃이 피어 아름답게 꾸며질 것을 생각하며 겨울 추위에 차가운 바람에 코끝을 내어준다.

이곳에서 처음 맞을 봄을 기대해 보며 창밖에 차가운 바람에 흔들리는 은빛 소나무 잎을 바라본다.

50. 행복한 결정

서울대학병원을 3년 6개월이나 다녔다.

의사는 나에게 더 이상 치료할 수 없다고 말을 한다.

아직 내가 자리를 펴고 누워 있는 것도 아닌데 치료를 중단해야 한다고 하니 믿어지지 않는다.

아들과 남편과 같이 상의해서 병원을 옮기기로 결정했다.

서울삼성병원 폐 전문 의사를 찾아가기로 했다.

우리가 무엇을 결정하려면 참 어렵다.

병원을 옮기는 결정도 쉽지는 않았지만 마침 TV에서 신약이 나온다고 한다니까 그 약을 연구한 병원이 그래도 괜찮을 것 같아서 그곳으로 결정했다.

앞으로 치료를 할 수 있을지는 아직 모르지만 그래도 희망을 가지고 다시 한번 도전해 보는 것이다.

말기 암과 싸우면서 4년 가까이 살 수 있었던 것은 하나님의 은혜이고 나를 위해 기도해 주는 중보자들 덕택이라 나도 믿는다.

세상을 살면서 어떤 어려운 결정을 내려야 한다면 꼭 하나님을 의지하고 하나님께 먼저 묻는다면 어려운 가운데서도 결정할 수 있는 용기를 얻을 수 있을 것이다.

내가 남들보다 오래 살 수 있었던 것도 하나님께서 결정할 수 있는 지혜를 순간순간 주셨기 때문이다.

아직까지 나의 가족들은 어떤 중대한 문제를 결정할 때 꼭 나의 의사를 묻는다.

지금까지 살아온 틀을 쉽게 바꿀 수는 없지만 이제는 나의 가족들이 주님 안에서 더욱 용기를 가지고 어려움이 있을 때마다 하나님께 묻고 의지하여 현명한 결정을 하기를 나는 기도한다.

하나님은 용기 있는 자의 선택을 기뻐하신다.

힘들고 어려울수록 용기를 내어 주님께 나아가는 나의 가족들이 나는 항상 자랑스럽다.

사역자이어서가 아니고 하나님 앞에 나약한 한 사람의 존재로 서 있기 때문이다.

나의 자녀 치헌, 성헌이의 사역의 중심에도 항상 주님께서 먼저 계시기 때문에 그들이 순종할 수 있는 것이다.

날마다 성령충만이 더해가는 그들을 보면서 앞으로 살아가는 많은 날들 중에서 나태해지는 날이 오면 그들이 젊은 시절 성령충만하게 사역했던 초심을 잃지 않고 살아가기를 바란다.

나의 치료가 중단되어도 나는 하나님을 바라보며 주님의 뜻을 따르기로 다짐하며 살아왔기 때문에 앞으로의 되어질 치료도 주님께 맡기며 살아갈 것이다.

내 자녀의 신앙적 성장이 너무나 감사하고 또 그들이 사역에 기쁨을 누린다는 것에 더욱 감사한다.

하나님 용기있는자의 선택은
힘들고 어려울수록 용기를 내어
나의 가족들이 나는 정성 자고
사역자 이어가셔서고 가나
의 존재로 서있기 때문이다

나약하여 지~. 성령
주님께서 먼저 계시기에ㅇ 은

나의치료가 중단되어도 나
주님의 뜻을 따르기로 다짐
앞으로의 ㅇ 되어질 치료도
살아갈 것이다.

내가 할 수 없는 부분은 꼭 주님이 간섭하신다는 것을 나는 나의 자녀를 보면서 느끼고 확신한다.

나의 사랑하는 크리스찬 성도님들도 자녀를 위해 기도하는 자가 모두 되기를 바라며 또 그들이 그 은혜를 같이 나누며 행복하게 자녀를 양육하기를 바래본다.

예수님은 고통받는 자들을 꼭 한 명 한 명 모두 찾아오신다는 것을 믿으며 가정과 자녀 또 나 자신을 주님께 맡기는 지혜를 가지고 힘들고 어려운 이 세상을 모두 이겨나가기를 주님 앞에 기도하며 응원한다.

그리고 우리들이 힘들고 어려울 때 결정의 지혜는 주님이 주신다는 것도 잊지 않고 살아가는 삶이 행복한 삶이라는 것 기억하며 살아가기를 바래본다.

51. 날 사랑하심

2月 5日 진료를 받는 날이다.

2주간 동안 진통제와 마약성분이 들어간 기침약으로 버티고 있다. 약 효과 시간이 지나면 기침이 심하게 나서 일상생활을 할 수 없다.

그러나 지금은 그래도 약이 들어주니까 약을 먹으면서 기침을 멈추게 한다.

아직도 1주일이 남았다.

2주간의 시간이 이렇게 길게 느껴지는 것은 처음이다.

우리는 하나님의 시간에 맞추어 살아간다고 말하지만 막상 어려움이 닥치면 나의 시간에 맞추어서 조급하고 안절부절 하기가 보통이다.

나도 그렇게 사는 사람들과 별로 다를 것 없다.

인간은 나약한 존재라는 것을 투병 중에 하나님은 너무나 확실히 알게 하신다.

그러나 하나님이 나를 포기하지 않으시고 간섭한다는 사실을 느낄 때 나는 다시 하나님의 은혜에 감사한다.

수없이 변하는 우리들의 마음에 변하지 않는 하나님의 은혜를 간직한다면 하나님은 우리들의 작은 실수에도 은혜를 베풀어주실 것이다.

사막에도 샘을 내시는 하나님의 사랑을 체험했다면 그 하나님의 은혜를 잊지 않는 것 하나만으로도 하나님은 우리의 필요를 채워 주신다.

나의 투병 중에도 하나님은 병을 치유해 주시고 마음의 평안도 함께 주셨다.

2주간의 기다림이 곤고해도 하나님이 함께 하시므로 버틸 수 있고 아침에 밝아오는 햇살에 기뻐할 수 있다.

하나님은 누가 뭐라 해도 내 삶의 전부이다.

힘들고 어려워도 난 하나님의 은혜로 두려움을 이기고 지금 이 순간에도 하나님이 나의 등불이 되어주심에 감사한다.

올해에 나는 56세이다.

내가 52세 때 처음 폐암 4기임을 알았을 때 나는 내가 이렇게 오래 살 것이라는 것을 상상하지 못했다.

큰아이 군대 갔다 올 때까지만 살아도 너무나 감사하다고 생각했었다.

그래서 큰아이 군대를 보낼 때 많이 울었다.

연병장에서 들어가는 뒷모습이 마지막 모습일지도 모른다는 생각에 두려워했다.

27살이나 먹은 아들이 군생활 할 것을 생각하니 가슴이 먹먹했었다. 그러나 하나님은 군에 간 지 4개월 만에 며느리가 될 자매를 주셨고, 제대한 지 15일 만에 결혼도 했다.

지금은 결혼한 지 8개월이나 되었다.

수많은 사건들이 나의 투병 중에 있었다. 이제 약이 없어 치료가 어렵다고 하니까 투병 중 지나간 일들이 떠오르면서 기쁨과 은혜의 날들을 너무나 많이 허락한 하나님께 감사한다.

특히 사랑하는 성도님들이 행사 때마다 큰 은혜를 베풀어 주시고 함께 기뻐한 일들은 영원히 하나님 앞에 갈 때까지 잊지 않고 간직한다.

나는 이제 남은 날들을 나를 사랑하는 모든 자들과 예수님을 사랑하며 같이 하나 되어 사는 삶에 기쁨을 누리며 살아갈 것이다.

52. 모이는 리더

주일 낮 예배 사도행전 강해가 시작됐다.

사도행전 말씀이 전해지면서 나는 우리 교회 청년들이 큰 소망을 가진 글로벌 리더가 되었으면 하는 소망을 품게 됐다.

말씀 안에서 영향력 있는 리더십을 가지고 선교하며 믿음의 비전을 선포할 때 그들은 그들이 서 있는 자리에서 영향력을 발휘하고 믿지 않는 자들과 소통할 수 있는 능력을 배워갈 것이다.

열방을 향하여 꾸는 꿈은 나와 그들과 다르지 않다.

진정으로 거룩한 부흥의 역사를 일으켜 다음 세대에 꿈과 비전의 본이 되었으면 좋겠다.

사도행전 주일 낮 예배 말씀 하나님의 성령의 역사를 체험. 은사가 부활되기를 바래며 누구든 하나님은 공동체 나는 믿는다.

사도행전 주일 낮 예배 말씀을 통하여 젊은이들이 하나님의 성령의 역사를 체험하고 동참하여 숨어있는 개인의 은사가 부활되기를 바래본다.

누구든 하나님은 공동체를 섬기는 자에게는 꼭 은사를 주실 것을 나는 믿는다.

말씀을 듣는 중 그들의 은사가 드러나서 그 은사를 통하여 공동체를 섬기는 귀한 일들이 우리 교회 곳곳에서 일어나 어두움과 사단의 영역이 무너지고 교회는 든든히 세워져 나갈 것입니다.

말씀을 통하여 우리는 예수님의 이름으로 승리하는 교회가 되어질 것이다.

우리 주님은 누구든지 모두 오라고 말씀하셨습니다.

우리가 기도하고 믿음으로 주님 앞에 나아간다면 주님은 우리에게 합당한 은사와 달란트를 허락하실 줄 믿습니다.

주님에게 나아가는 것을 두려워하지 마십시오.

주님께 문을 열고 들어가면 주님은 절대로 내 것을 빼앗아 가지 않습니다.

*주님께 문을 열고 들어가니
가져간 것이 아니다
나에게 주실 것은 꼭*

나에게 부족한 것은 꼭 주셔서 먹이고 입히실 것입니다.

그 사랑의 주님을 찾은 바울은 행복했습니다. 육신은 고달프고 힘들어도 그는 복음을 전하면서 행복해졌습니다.

주님은 나를 기다리십니다.

내가 그 문을 열기를 주님은 기다리십니다.

*주님은 나를 기다리십니다
내가 그 문을 열기를 주님
나도 우리 빨리 성도님도 좀
오래 기고 기쁘게하며 마시고 문을
잡고 행복해 가기를 가지
늘 기도했던 기도의 응답에
이루어지기를 간구합니다*

나는 우리 교회 성도님들, 젊은이들 모두 주님을 오래 기다리게 하지 마시고 문을 열어 주님의 손을 잡고 행복해지기를 기도합니다. 늘 기도했던 기도의 응답이 말씀을 들으면서 이루어지기를 간구합니다.

하나님은 우리가 간단하게 기도해도 들으시고 쉬운 일을 기도해도 들으십니다.

하나님께 도움이 필요하다고 외치는 자가 되어 우리가 원하는 기도에 모두 응답 받기를 나는 중보합니다.

주기를 좋아하시는 하나님께 날마다 새로운 것을 받아 채워지는 행복을 놓치지 않고 살아가는 자들이 다 되기를 바래봅니다.

나는 주님 다시 오실 때까지 우리가 준비하고 기도하며 힘들어도 우리가 감

*나는 주님 다시 오실 때 까지
기도하며 힘들어도 우리가
다니며 당당한 자도*

당할 십자가를 잘 따르며 주님 앞에 서는 당당한 자 되고 싶습니다.

그리고 사랑하는 우리 교회 청년들이 힘들고 어려워도 좁은 길 가는 것을 마다하지 않고 용기 있는 자 되어 진정으로 세상에 우뚝 선 글로벌리더가 모두 되기를 바랍니다.

내가 사랑하는 청년들이여.

너희들의 세상이 어두울지라도 너희는 사단의 영역을 이기고 꼭 밝은 빛의 역할을 해내기를 영원한 너희들의 동역자 이도숙 사모가 응원합니다.

53. 하나님의 나라를 세우는 자 전도특공대

전도특공대가 뜨겁다.

오랜 시간 동안 연단하고 훈련한 결과이다.

2지구 전도를 뜨거운 기도를 바탕으로 열심히 한다고 목사님이 칭찬을 아끼지 않았다.

그토록 내가 사모하고 기대했던 일들이 아니던가.

내가 몸이 아파 동참하지 않아도 너무나 가슴 뛰는 기쁜 소식이다.

그들은 하나님의 나라를 세워 가고 있다.

무엇이 하나님을 사랑하는 것인지를 전도란 행동으로 보여주고 있다.

하나님을 사랑한다고 입술로 고백하지만 영혼에 대한 간구와 사랑과 열정이 없는 사람들이 대부분인 이 시대에 그들은 뜨거운 기도로, 눈물로, 사랑으로 죽어가는 영혼들을 향하여 진실로 마음을 다하여 나아가고 있다.

그들은 개인이 아니다.

그들은 연합하여 선을 이루는 교회 공동체를 너무나 잘 실천하고 있다.

아름답고, 찬란하고, 용기 있는 자, 전도특공대. 너무너무 사랑스럽고 자랑스럽다.

그토록 기도하고 간구했던 나의 열망이 그들의 발에 의해 이루어져 간다는 것이 너무 행복하다.

나와 그들이 연합되고 또 그리스도에게 접붙여지고 그로 인해 예수님의 마음을 알게 되니 나의 고백이 그들의 고백이다.

우리가 연합하여 하나 된다는 고백의 실체가 그들의 전도실천을 통하여 교회를 부흥시키는 것이다.

주님을 향하지만 불완전했던 신앙, 바람 앞에 촛불처럼 흔들렸던 신앙, 확신 없어 공포와 불안한 마음. 이 모든 것들을 그들은 뜨겁게 기도하며 전도하며 모두 물리치고 승리한 것이다.

나도 마음 같아서는 당장 뛰어가서 동참하고 싶다.

그러나 나의 육신이 그렇게 할 수 없음이 조금은 안타깝지만 나는 내가 있는 이곳에서 그들이 승리할 수 있도록 기도하며 간구할 것이다.

나의 간구가 미약할지라도 하나님 앞에 가는 그날까지 열심히 기도로 그들의 가정을 위해 중보하기를 다짐한다.

그들의 가정이 모두 보물창고로 바뀌어 하나님의 귀한 보물로 가득할 수 있도록 기도하고 또 기도할 것이다.

이런 나의 다짐이 하나님의 귀한 은혜로 영원토록 변하지 않고 사단이 틈타지 않도록 말씀 안에서 하루하루를 살아갈 것이다.

나의 자랑, 나의 보배 전도특공대, 오늘 나에게 그들은 나의 분신같이 느껴진다.

자식을 사랑하는 그 마음과 견주어도 기울어지지 않는다.

사랑합니다. 전도특공대.

이 육신 썩어질지라도 당신들의 은혜 잊지 않고 기억하며 영원한 하늘나라 사모할 것입니다.

54. 겨자씨

이도숙

욕심을 버리면 또 다른 욕심이 차오르고
차오른 욕심을 인내하며 견뎌내면
또 다른 고통이 잉태된다.
그 잉태된 고통 안에 겨자씨만 한
작은 예수가 있다면
그로인해 싹이 트던 욕심과 고통이
사라지고 어느덧 작은 겨자씨가
선한 목자가 되어 나를 풍성하게
채워 주신다.

55. 하나님의 마음 + 내 마음

항암을 중단하고 2개월 동안 마약 진통제와 기침약으로 보냈다.

속이 울렁거려서 토하기도 하고 가슴통증이 심해서 밤을 지새우는 일이 다반사다.

그렇게 힘든 시간 2개월 동안 나는 죽음이 이제 가까이 왔다 준비를 해야겠다 했지만 몸의 아픔이 나의 모든 생활을 무기력하게 했다.

해 줄 수도 없고 사람을 본 나를 ~~위로해야 했고 오로지~~ 누워 한 수 있었다.
책을 볼 수도 없고, 사람과의 대화도 기침 때문에 불가능했고, 오로지 누워서 기침을 잠재우는 것밖에 할 수 없었다.

더 이상 견딜 수 없어 설 명절이 끝난 후 급하게 서울대학병원에 갔다.

병원을 옮기려고도 생각해 보았지만 그래도 나를 4년 동안 치료해 온 의사가 가장 나를 잘 아는 것 같아서 옮기지 않기로 했다.

~~하나님이 인도해 주신~~ 지금까지 나를 분명히 있기때문에 병원도 인도해주신 이유에서 치료받는 지금까지 나를 살려주신 하나님의 뜻이 분명히 있기 때문에 병원도 기도하면서 하나님이 인도해 주신 이곳에서 치료받는 것이 바람직할 것 같다.

먼저 쓰던 약 표적치료제를 다시 써보자고 권유하셨다.

별다른 치료 방법이 없는 터라 약을 먹기로 하고 처방을 받았다.

약을 먹고 하루가 지났다.

그런데 기침도 많이 줄고 컨디션도 좋아졌다.

한 번 먹었는데 조금 효과를 보고 있는 것 같다.

　　　　　앞으로 얼마의 기간 동안 이 약이 나를 편하게 해줄지는 아무도 모른다.

　　　　　그러나 약이 듣는다는 것 하나만으로도 나는 기분도 좋아지고 활력이 생겼다.

　　얼마간의 시간이 나에게 주어질지는 아무도 모르지만 하나님이 나에게 이런 시간 주신 것은 다시 한번 주의 나라를 위해 무엇인가 하기를 원하시는지도 모른다.

　　나는 주어진 시간 동안 몸 관리를 잘하면서 나를 위해 기도해주신 분들께 건강한 모습으로 예배드리는 모습을 보여 드리며 하나님께 감사하며 살아갈 것입니다.

　　　　　창문 밖 소나무가 꽃샘바람에 흔들리고 있다.

　　　　　봄이 오기를 샘내는 바람인가 보다. 꽃이 되는 것이 부러워서 부는 바람인가 보다.

　　　　　차가운 바람을 바라보며 나는 따뜻한 햇살이 드는 유리창 앞에 앉아 있다.

　　　　　아무리 힘든 고통이 다가올지라도 하나님은 우리를 보호하시기를 원하시고 이겨내기를 원하신다.

　　하나님은 나를 고통학교에 입학시키셔서 훈련시키시고 이제 졸업시키시려는가 보다.

　　하나님 안에서 죽음도 두려워하지 않는 믿음이 하나님이 원하시는 마음이다.

나는 하나님의 그 마음을 내 마음에 합하여 간직하며 다가오는 새봄을 맞으며 나를 사랑하는 클찬의 모든 성도님들을 축복한다.

사랑합니다. 축복합니다. 클찬의 성도님들이여.

56. 봄을 사모하며

창가 잔디 사이로 파란색이 올라왔다.

잔디가 싹이 트나 하고 가까이 가 보았더니 잡초가 연한 초록빛을 띠며 올라왔다.

잡초가 많이 나면 잡초를 뽑는 것이 일인데 추운 겨울 추위를 이기고 처음 올라온 잡초를 절대 뽑을 수가 없었다.

언젠가는 뽑힐 운명이지만 겨울을 나고 나의 마당에 첫 소생이다.

나는 그 잡초를 뽑지 않고 놔두기로 했다. 처음 올라온 잡초가 어찌나 연약한지 꼭 나의 모습을 보는 것 같았다.

이제 조금 있으면 모든 만물이 초록빛으로 변한다.

그 초록빛의 중심에 싹을 틔운 몇 포기 잡초가 우리들의 마음인지도 모르겠다.

우리들의 마음에 잡초와 같이 강한 힘으로 믿음 생활 할 수 있는 터전이 작고 연약한 싹 한 포기에서 시작된다는 것을 이른 봄 연초록 싹으로 알려주는 것이다.

예전에는 바빠서 계절이 오는지 가는지도 몰랐다. 추우면 두터운 옷을 입으며 겨울이 오는 줄 알았고, 더우면 얇은 옷을 입으며 여름이 오는 것을 알았다.

그런데 지금은 봄을 기다리며 첫 번째 올라오는 푸른 싹을 보며 감격하기도 한다. 빨리 봄이 왔으면 좋겠다. 기대도 해본다.

내가 이 계절을 다시 맞이할 수 있을까 하는 생각을 하면 계절이 바뀌어 오는 계절이 너무나 특별하다.

이 계절들의 시간들을 보배롭고, 귀하고, 아름답게 보내고 싶다.

가고 싶은 곳 여행도 가보고 싶고, 보고 싶은 자들도 보고 싶다.

나는 휴대폰이 익숙하지 않기 때문에 보고 싶은 자가 있으면 가서 보는 것이 익숙하고, 말하고 싶은 말이 있으면 얼굴을 보면서 말을 해야 마음에서 기쁨이 솟는다.

문명에 익숙하지 않은 나의 뒤쳐진 성향 때문이다.

그렇지만 기도에 익숙한 나의 습관이 감사하다.

육신의 가시때문에 다니지 못: 기도하면서 그들과 만나니 하나님이 주신 특권으로 하는 것이다.

육신의 가시 때문에 다니지 못해도 보고 싶은 자를 못 봐도 기도하면서 그들과 만나고 대화한다.

하나님이 주신 특권으로 나는 행복한 투병 생활을 하는 것이다.

오늘은 육신의 고통도 감해 주시고 평안한 마음도 허락해 주셨으니 내 입이 찬양하고 싶다.

찬양과 기도로 가득한 클찬 예배를 사모하며 오늘 기쁜 마음으로 찬양 불러본다.

57. 내가 원하는 한 가지

화려한 꽃은 피운 봄도 다 지나가고 여름의 문턱이 다가왔다.

아카시아꽃, 찔레꽃, 밤꽃 향기 실컷 맛보고 지금은 뜨거운 여름 햇살이 만들어 줄 열매를 기대하고 있다.

봄이 오는 소식을 무던히도 기다렸는데 봄이 지나가고 나니 풍성한 열매를 맺어줄 가을을 다시 기다린다.

나의 마음이 그렇듯이 모든 사람들은 기다리고 기대했던 것들이 지나가면 또 다시 다른 것을 기대하며 목말라 한다.

그러나 나에게는 이 여름에 꼭 기대하는 한 가지가 있다.

그것은 사랑하는 클찬 교육부의 여름성경학교이다.

유치부 지은 전도사가 처음으로 공과를 만들어서 진행할 예정이기 때문이다.

수요예배 후 늦은 밤에 나에게 공과를 보여주기 위해 가져왔는데 내가 항암주사를 맞고 힘들어 있는 상태라 마음만큼 칭찬해 주지 못한 것이 못내 마음에 걸린다.

정성과 마음을 다하여 정말 잘 만들어서 기특했다.

몇 년 전, 처음 은혜교회 성경학교 교습 갔을 때 우리도 우리가 교재 만들 수 있으면 좋겠다고 부러워했던 내 마음을 지은 전도사가 잊지 않고 마음속에 새겨 둔 모양이다.

이제 남은 시간 교사들과 혹독한 기간이 지나가면 그들에게는 교사로서, 지도자로서 평생에 잊지 못할 하나님의 일을 성취한 흔적을 남기며 기뻐하고 즐거워할 것이다.

이번 성경학교에는 유년부와 초등부 교사가 많이 부족한 가운데 진행될 예정이다.

그러나 부족한 가운데서도 부족함을 채울 수 있는 성령의 바람이 꼭 불 것을 확신한다.

부족할 때마다 기도한 리더자의 모습을 내가 보았기 때문이다.

내가 협력해 주지 못한 미안한 마음이 그들을 더욱 기도하게 했고 그들을 더욱 영적으로 성장시킨 것 같다.

나의 건강이 허락지 않아 그들을 위해 중보할 수밖에 없지만 하나님께서는 먼저 우리의 마음을 아시고 준비해 주시고 예비해 주실 것을 우리 모두는 확신하고 있다.

사랑하는 클찬 교사들이여.

당신들의 수고는 이미 주님께서 먼저 아시고 우리를 연단시키셨습니다.

이번 성경학교의 문을 열어 들어갈 때 당신들의 앞에 열두 진주문의 축복을 우리 하나님께서 꼭 예비해 주실 줄 믿습니다.

우리 같이 힘을 다하여 여호와 하나님을 섬기며 찬양합시다.

클찬의 다음 세대를 위하어…

58. 여름 소리

사각사각 여름 바람 소리
나뭇잎 사이사이 여름의 소리가 스쳐간다.
나뭇가지잎 골짜기 사잇길에
하얀 나비 한 마리가 여정을 떠난다.
이 평화로운 여름소리에
우리 주님도 내 마음을 싣고
골짜기 사잇길로 여행을 떠난다.

평상에서 산골짜기 숲을 바라보며

59.

암 투병서신 59.

ⓒ 이도숙, 2024

1판 1쇄 발행 2017년 2월 20일
1판 2쇄 발행 2017년 4월 40일
1판 3쇄 발행 2018년 7월 30일
2판 1쇄 발행 2024년 11월 29일

지은이   이도숙
펴낸이   이광진
편집   좋은땅 편집팀
펴낸곳   도서출판 좋은땅
주소   서울특별시 마포구 양화로12길 26 지월드빌딩 (서교동 395-7)
전화   02)374-8616~7
팩스   02)374-8614
이메일   gworldbook@naver.com
홈페이지 www.g-world.co.kr

ISBN   979-11-388-3776-7 (03810)